一同探索韓國節慶的寓意與新意

韓國節日與慶典：MOOKorea慕韓國.
第5期 = 명절과 축제/EZKorea編輯部
著；韓蔚笙譯. -- 初版. -- 臺北市：
日月文化出版股份有限公司,
2024.05
128面；21*28公分. --（MOOKorea
慕韓國；5）
ISBN 978-626-7405-50-5(平裝)

1.CST: 韓語 2.CST: 讀本

803.28　　　　　　　　　113002790

MOOKorea 慕韓國 05

韓國節日與慶典：
MOOKorea慕韓國 第5期 명절과 축제

作　　　者：EZKorea編輯部
企 劃 編 輯：凌凡羽、郭怡廷
韓 文 撰 稿：南霄兒、崔寶鈺、柳廷燁
韓 文 翻 譯：韓蔚笙
內 頁 插 畫：羅寗 Ning Lo、阿宛、鄭皓允 Hao-Yun
內 頁 圖 片：Shutterstock
封 面 繪 圖：Croter
封 面 設 計：Bianco Tsai
版 型 設 計：Bianco Tsai
內 頁 排 版：初雨有限公司（ivy_design）
韓 文 錄 音：柳廷燁、鄭美善
錄 音 後 製：純粹錄音後製有限公司
行 銷 企 劃：張爾芸

發 行 人：洪祺祥
副 總 經 理：洪偉傑
副 總 編 輯：曹仲堯
法 律 顧 問：建大法律事務所
財 務 顧 問：高威會計師事務所

出　　　版：日月文化出版股份有限公司
製　　　作：EZ叢書館
地　　　址：臺北市信義路三段151號8樓
電　　　話：（02）2708-5509
傳　　　真：（02）2708-6157
客 服 信 箱：service@heliopolis.com.tw
網　　　址：www.heliopolis.com.tw
郵 撥 帳 號：19716071日月文化出版股份有限公司

總 經 銷：聯合發行股份有限公司
電　　　話：（02）2917-8022
傳　　　真：（02）2915-7212
印　　　刷：中原造像股份有限公司
初　　　版：2024年5月
定　　　價：400元
I　S　B　N：978-626-7405-50-5

編輯室報告

　　現代社會不同於以往，實體的人際連結漸趨薄弱，節日的流程大幅簡化、儀式感削減，比起體會過節意義，我們更講求效率與效益。重要的傳統節日，其存在緣由與價值逐漸被遺忘，這是一件可惜的事。就像歷史這門學問，當我們只在意背誦歷代事件的發生年月日，一切將變得制式化且無趣，亦難有機會反思與修正軌道。節日與慶典亦然，若我們不了解其歷史淵源、成立目的與文化習俗，可能因此誤會了活動及儀式的意涵。

　　節日與慶典不應單純代表一個日期或一段假期，它囊括了歷史、傳說、習俗、國家沿革或政策，是一個飽含社會情緒與重量的存在。因此，編輯部著手發想了本期企劃，相信藉由一份完整的文字內容，能夠重新梳理與審視節日的重要性，並且再次體會其中的美好意義。

　　節慶的存在原因多元豐富，可能是源於該地天然條件良好，成為種植、養育某物種的優勢；或者是為了紀念某位歷史人物、事件，希望傳承其精神，不為世人所忘；也可能是當代政府為了宣傳城市、增加競爭力而籌備的觀光計畫……成立原因各不相同，但總歸是希望藉由人們的共襄盛舉，紀念重要事件，並創造與該國家、城市相關的記憶。

　　你或許曾經到訪某些與節慶密切相關的韓國景點，或者參加過韓國政府舉辦的城市觀光慶典，但這些活動的背後，是否還有我們不曾聽聞的幕後故事呢？或者，你有沒有意識到自己其實參與了一場深具意義的盛會呢？

　　藉由本期的內容，你將用更深沉與廣闊的方式迎接未來的計畫。第一章，我們以大家最容易體驗到的韓國花季與觀光慶典為開端，帶你一探著名慶典背後的趣事；第二章則以「時間」為軸線，讓你從年初的跨年盛會，玩到年底的雪上活動，同時學習與慶典相關的實用對話；第三章則邀請各位一同進入12個韓國節日的世界，從四大傳統節日，到與戰爭息息相關的顯忠日、光復節、三一節，以及來自知名傳說「檀君神話」的開天節等等，將歷史及軼聞一網打盡；最後，我們會探索台韓節慶文化的差異，並將視角拉回現代，探討新世代韓國人如何因應傳統節日。

　　編輯部在製作過程中獲得了許多知識養分與文化力量，相信正翻看此書的你，也能在這場節慶盛典中玩得盡興！

本期編輯 凌凡羽

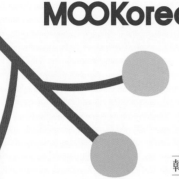

MOOKorea

VOL .005

韓國節日與慶典

명절과 축제

Contents

Part.1

오프닝 Opening

Part.2

대화 Conversation

Part.3

관점 View

Part.4

생활 Life

線上音檔 QRCode

線上音檔使用說明：
(1) 掃描 QRCode → (2) 回答問題→
(3) 完成訂閱→ (4) 聆聽書籍音檔。

韓文撰稿者簡介

PART.2 南霄兒

現居台灣，於國立臺灣師範大學進修推廣學院教授韓文。《看不見與看得見的臺北》韓文版譯者，《翻轉首爾：叛民城市議題漫遊》作者。嘗試將韓國的風景與聲音傳遞給台灣。

PART.2 崔寶鈺

定居台灣，擁有超過 10 年韓語教學經驗的韓語教育專家。目前在職於國立臺灣師範大學進修推廣學院及韓國觀光公社台北世宗學堂，擔任韓語講師。除了豐富的教學經驗外，近期在韓國以作家身分活躍，撰寫台灣旅行散文集《臺北山友》。經營 Instagram 하루 한국어（@haru.korean），向台灣的韓語學習者分享最新的韓國新聞。

PART.3 柳廷燁

韓國外國語大學韓國語教師課程結業，台灣國立成功大學 IIMBA 國際經營管理所碩士。曾擔任韓聯社駐台記者，現為韓語版台灣新聞網站「現在臺灣」主要營運者和執筆人，以及首爾新聞 NOWNEWS 部駐台記者。

오프닝
Opening

韓國四季分明，每個季節都能欣賞不同樣貌的美麗花卉，也造就了多元豐富的花季；另韓國幅員廣大，各地區承載著不同的特色及歷史，因此發展出許多吸引人的觀光慶典。本章節將帶領你從這些最熟悉，或者親自參與過的慶典走入韓國世界。

從花季走入韓國四季

撰文者｜Mindy 麵滴

光陽梅花節 광양매화축제

乍暖還寒的三月，光陽梅花村的白雪已融化，取而代之的是粉嫩的梅花，沿著智異山稜線悄然綻放。

梅花村位於全羅南道光陽市，原名光陽蟾津村，背靠智異山、面朝蟾津江，溫暖的陽光與暖風，讓此地以青梅果農園（청매실농원）為首，開始種植梅樹，成為韓國最大梅花生態群落。

青梅果農園是由洪雙理（홍쌍리）女士將公公的栗園改造而成。她從熱鬧的釜山嫁到純樸的村落後，因家務與農活的忙碌，以及婆婆不時的責備，經常感到身心俱疲。有日，她在哭泣時，偶然看見了石縫中的梅花，梅花像是安慰她似地綻放，讓她決心要將這裡變成梅花之國。在取得公公的同意後，她砍掉栗樹、種上梅樹，歷盡艱辛後，光陽蟾津村終於飄起梅花的芬芳，並成為光陽九景之一，她也因此獲得了梅實名人（매실명인）的榮譽。

自 1997 年起，光陽梅花村每年三月都會舉辦慶典，吸引大批遊客賞梅，還能品嘗特有的梅酒、梅子冰淇淋及梅子馬格利酒等光陽美食。

鎮海軍港節 진해군항제

甫四月的昌原市鎮海區，是賞櫻人士們熱愛拜訪的櫻花之城，然而，此處其實也是孕育海軍的搖籃。

西元 1952 年 4 月 13 日，為紀念海上英雄李舜臣（이순신）將軍，鎮海北原圓環豎立起了忠武公銅像，並舉行緬懷儀式。在此後的 11 年間，每逢 4 月，此處便會舉辦追悼儀式，直到 1963 年，為傳承李舜臣將軍之愛國精神與促進地方文化藝術發展，昌原市遂結合日治時期為美化鎮海軍港而種植的「濟州島漢挐山自生種王櫻花」，將追悼儀式轉型為文化慶典，成為了今日中外馳名的鎮海軍港節。

參加鎮海軍港節，除了能穿梭櫻花隧道欣賞王櫻花的美貌，閱覽李舜臣將軍的相關資料外，更有多國共襄盛舉的鎮海軍樂儀隊表演、星光慶典、空中飛行表演及海上煙火秀等活動，還能參觀平時不對外開放的海軍士官學校和海軍基地司令部，非常值得一遊哦！

洗美苑荷花節 세미원 연꽃문화제

炎炎夏日，渴望親近大自然，卻害怕烈日灼熱嗎？何不一探充滿詩意的「洗美苑（세미원）」！

水與花共存的洗美苑為京畿道第一號地方莊園，其名取自《莊子》的「觀水洗心，觀花美心（관수세심 관화미심）」，意在欣賞漢江與花朵的同時，沖洗心靈的塵埃，並賦予心靈美好。

洗美苑同時是一座自然淨化公園，二十多萬的占地，有著六座池塘、七十多種水生植物協助淨化漢江水源至八堂水壩。此外，園區也設有世界水蓮園、環境教育區，以及實驗栽培園區等，讓民眾不僅能一睹稀有水蓮，更能學到荷花及水資源的相關知識。

每年七、八月，荷花盛放，為使遊客能悠閒賞荷，洗美苑特別將開放時間延長至夜間八點，讓民眾在夏夜涼風中，欣賞月光下的荷花，同時放鬆身心。

荷花節期間，除了欣賞花朵，也有各式有趣的文化活動，包括製作荷葉茶、手帕與扇子手工藝課，以及欣賞藝術家的畫作等，這些活動不僅增加了遊客的樂趣，也能更深入了解荷花的文化和藝術價值。

首爾玫瑰節 서울장미축제

蘇格蘭政治家沃爾特·艾略特（Walter Elliot）曾說過：「天上永遠不會掉下玫瑰，想要的話就要自己去種植。」這句話猶如首爾市中浪川河堤公園的真實寫照。

中浪川河堤公園是韓國政府為防止河川氾濫而建的堤防，早期景象荒涼如沙漠，為同時達到修築堤防與美化環境的目的，政府遂計畫在此種植玫瑰。不久後，1990 年代金融危機導致大量人口失業，政府為解決就業問題，啟動了公共事業政策，聘請失業者在此種植玫瑰。這不僅成功幫助了失業人口，也實現了美化環境的初衷。

時至 2005 年，最初的玫瑰苗已茁壯為繁茂的花叢。在當地居民的提議下，一條長達 5.15 公里的玫瑰隧道應運而生，成為了國內最大規模的玫瑰花園。

隧道的落成促成了首爾玫瑰節的誕生。每年五月，人們齊聚中浪川河堤公園，共度由音樂、舞蹈、藝術和美食交織而成的盛會。

和談林楓葉慶典 화담숲 가을 단풍 축제

當天氣漸涼，步入秋天的篇章，和談林也備好了五顏六色的楓葉，讓人們在寂寥的冬日來臨前，能來場靜謐的狂歡。

和談林是 LG 常綠財團為了復原樹林生態系及生物物種，精心規劃來保存樹林植被，同時建構瀕臨絕種生物的棲息環境。在這約五萬坪的土

地裡，住著超過四千種國內外野生動植物，一踏入園區，便讓人不禁讚嘆大自然的多彩多姿。人們在這裡不僅可以欣賞自然之美，還能與園區充滿生機的植物們展開一場久違的對話，將日常壓力與煩惱隨著楓葉的窸窣聲傾吐而出。

和談林宛如一位溫柔的主人，林間步道的貼心設計，讓嬰兒車及輪椅族也能悠閒漫步。而為了讓遊客更輕鬆地遊覽園區，特別設立「單軌觀景列車」，人們能夠穿梭於山林之間，欣賞楓葉美景。

如果你也渴望在十月來場療癒的賞楓之旅，請記得提前預訂，同時留意禁帶外食、寵物與腳架入場等規定，以確保和談林的美好環境能夠長存。讓我們一同沉浸於大自然的懷抱，共享這片寧靜而美好的秋景。

高敞粉黛亂子草節 고창 핑크뮬리 축제

談及芒草，你第一個浮現的念頭是什麼呢？是野趣與自由？還是樸實與豐收呢？

對全羅北道的高敞郡居民而言，芒草可能是浪漫與希望的代名詞。

隨著秋風吹拂，位於高敞郡的「Farm 莊園（팜정원）」裡，一大片粉嫩的芒草正隨風搖曳，讓人彷彿身處浪漫氛圍的愛情海。從 2019 年正式開辦的「高敞粉黛亂子草節」，原是莊園第二代主人於 2018 年，為了推廣花園觀光並促進地方經濟而進行的「花客計畫（꽃객프로젝트）」。最初的籌辦由莊園主人自行吸收成本，在不收費且未進行大規模宣傳的情況下，僅依賴家庭成員的支持和村落居民的協力，再透過口碑和社群媒體，

吸引了大量遊客，觀光人數迅速達到十萬人次，成功活絡了當地經濟。

現在，花客計畫已成為高敞郡官方政府每年都會舉辦的「高敞粉黛亂子草節」。趁著秋高氣爽的好時節，走一趟高敞，享受輕鬆浪漫的郊遊吧。

晨靜樹木園五色星光庭園展 아침고요수목원 오색별빛정원전

喜愛韓國影視文化的你，千萬別錯過「晨靜樹木園」！

這裡是許多韓國電視劇和綜藝節目的取景地，例如《還魂》、《雲畫的月光》、《原來是美男》、《無限挑戰》、《超人回來了》等，都曾在此拍攝，也許走在園區時，腦中就會突然浮現某個場景。

晨靜樹木園是由三育大學園藝系的韓尚慶（한상경）教授精心打造的大型韓國式戶外庭園，於 1996 年五月正式開放。庭園設計獨樹一幟，結合五千多種植物素材，以曲線和非對稱的設計風格，建造了二十多個不同主題的特色花園，還有溫室展房和戶外綠色清晨廣場，讓來訪遊客感受到自然的美麗與和諧。

除了日間的風景，晨靜樹木園在冬季的夜晚也有別樣魅力。這裡會舉辦韓國首個結合自然風景與燈光的慶典，從十二月到三月，庭園裡裝飾著五彩繽紛的環保 LED 燈，為植物和建築增添光彩，展現出美妙的夢幻奇景。

濟州島山茶花之丘 제주도 카멜리아힐

韓國四季分明，一旦入冬，蕭瑟的風景與冷冽的空氣讓人容易情緒低落。但在這片寂寥裡，山茶花卻鼓舞人心般地綻放，花色鮮豔且多元，包括紅、粉、白等，與灰暗的天空和枯黃的草地形成鮮明對比，猶如冬日裡的火焰，照亮了人們的心靈，因此，許多人對山茶花情有獨鍾。

濟州島上，就有一處以山茶花命名的植物園區。

位於西歸浦市的山茶花之丘（Camellia Hill）幅員遼闊，園區內種植著豐富多彩的花卉品種，且擁有全世界最大、花期最早的山茶花。單就山茶花的品種，就高達五百多種，數量更達六千多株。在這片寬廣的園林裡，遊客可以徐徐漫步，欣賞這些繽紛的花朵，並沿途品味精心設計的小標語，或與可愛的濟州石頭爺爺合影，彷彿踏入

了一個冬日的心靈溫床。

冬日旅遊的選擇眾多，如果不想涉足滑雪或冰釣等冰雪領域，那麼山茶花之丘絕對是一個理想的選擇。這裡不僅是攝影的絕佳景點，也能讓來訪者盡情親近大自然，感受花朵的生機和溫暖。

不可不知的韓國觀光慶典

You should know!

撰文者│Mindy 麵滴

📷

韓國有著豐富多元的觀光慶典，由來、目的各不相同，本單元將這些慶典分為四大類依序介紹，包括 ❶ 源自地理位置、氣候等天然條件；❷ 源自歷史人物或事件；❸ 傳統習俗發源地；❹ 現代宣傳觀光。邀請你從不同面向與角度，認識這些迷人有趣的慶典。

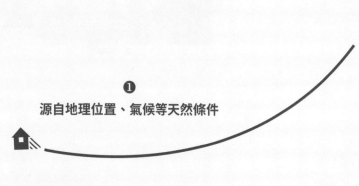

❶
源自地理位置、氣候等天然條件

錦山人蔘節
금산세계인삼축제

大家了解「人蔘」嗎？坐擁金山銀山固然好，但是錦山如寶石般的高麗人蔘對健康最好！

忠清南道錦山郡的人蔘距今已有超過一千五百年的歷史，因該地日夜溫差大，夏冬兩季寒暑差異明顯，降雨量又高，很適合人蔘生長，使得錦山人蔘雖大小比其他地區小，皂素含量卻更高，該地也被視作高麗人蔘的發祥地。

為了讓全世界更認識錦山人蔘神奇的功效與傳統歷史文化，自 1981 年起，錦山人蔘節便開始舉辦各種精彩的活動，包括體驗課程、展覽介紹、藝術表演與比賽，還有饕客們最愛的各式人蔘小吃，讓各年齡層的遊客皆能在此挖掘人蔘、品嘗人蔘、學習人蔘，進而發現人蔘的樂趣。

錦山人蔘節每年會在最適合採收人蔘的十月初，於錦山世界人蔘 EXPO 廣場盛大開幕，為期約十天，不僅交通便利，也是一個適合全家大小共同參與的幸福慶典。

冰雪王國華川山鱒魚節
얼음나라화천 산천어축제

咦？在冰天雪地的江原道，為什麼會看到一群人或坐、或蹲、或趴在結冰的河面上，手裡還拿著東西不停揮舞？這難道是某種古老祈福儀式嗎？

原來，這是被 CNN 評選為「冬季七大奇蹟」之一的冰雪王國華川山鱒魚節！每到一月，水質優良的華川川（화천천）便會結出厚實的冰層，結合這片土地獨特的地理和生態條件，自 2003 年起，華川山鱒魚節已成為一年一度的冬季熱門盛事。

在華川山鱒魚節，遊客們不僅可以親身體驗冰釣的樂趣和徒手抓山鱒魚的刺激，還能直接品嘗新鮮美味的山鱒魚。此外，華川擁有世界最大的室內冰雕廣場，置身在美麗冰雕藝術的王國中，每件作品都讓人驚嘆連連。若欣賞完冰雕的藝術後仍覺得不過癮，還有滑雪橇、滑冰與玩冰壺等各種冰雪遊戲等著大家去挑戰！

來此遊玩務必做好保暖措施，避免受到酷寒襲擊。這場華川山鱒魚節，不僅是一場冬季盛宴，更是一次實境感受冰雪奇緣的精彩冒險！

金堤地平線節
김제지평선축제

在一望無際的地平線上，徐徐涼風拂面，翠綠的田野和清澈的水流圍繞，一切是如此美好。緊湊的日常讓你嚮往一趟療癒之旅嗎？那就到韓國金堤市吧！

由於空氣、水質、土壤品質優良，自古金堤湖南平原生產的稻米就是美味保證，更有韓國最大穀倉之美名。一入秋，原先翠綠遼闊的稻田，被染成了金黃色地毯，當地便會舉行韓國傳統名譽文化觀光財產中，唯一以傳統農耕文化為主題的「金堤地平線節」。

金堤地平線節自 1999 年舉辦，在這裡不僅能看見天地相連的美景，也能透過各式活動了解韓國傳統文化和農村生活的點滴，例如割稻、抓蚱蜢和年糕製作體驗等。而曾為全韓國最古老也最大的水利設施「碧骨堤」也是必訪之地。

此外，作為向全世界宣揚「最韓國的就是最國際的」金堤地平線節，也是總統盃全國農樂競賽的表演平台。農樂競賽的舉辦，使金堤市民更以家鄉為傲，韓國傳統農樂也得以保存與傳承，更向世界展現了金堤的獨特魅力及文化底蘊。

淳昌醬類節
순창장류축제

　　韓式辣椒醬、大醬、清麴醬……這些在韓式料理中必不可少的醬料，你是否有所耳聞，或者品嘗過呢？

　　說到醬料，則必須提到醬料故鄉──淳昌郡！淳昌地理位置得天獨厚，蟾津江上游為其提供了種植辣椒和大豆的優越條件，加上四季分明的氣候，利於醬料的發酵和成熟。搭配匠人精湛的傳統工藝和技術，製造出天然香濃、營養豐富的淳昌辣椒醬和大醬，不僅在朝鮮時期被認為是宮廷的上品，現代消費者也因有益健康，將其視為必備品，市場占有率達 45%！

　　不同於其他地方在春季製作，淳昌的辣椒醬製作手法獨特，農曆八月下旬即將豆子與糯米按比例製成麴磚，再經四週的晾乾後，於冬季完成製作。

　　為了讓更多人認識與品嘗正宗道地的傳統辣椒醬，每年初秋，淳昌市都會於淳昌傳統辣椒醬村舉行「淳昌醬類節」，遊客能親自製作醬料，並品嘗拌飯和辣炒年糕等美味佳餚，還可以參與文化藝術表演和煙火秀等 60 多項精彩活動。光是想像就已經迫不及待、口水直流了呢！

大邱炸雞啤酒節
대구 치맥 페스티벌

　　還記得因為韓劇《來自星星的你》而風靡亞洲的雞啤組合嗎？這樣的搭配其實源自韓國炸雞的發源地──大邱！

　　韓戰後，為了解決物資匱乏問題，韓國政府積極在大邱推廣養雞業，並鼓勵當地人創新雞肉料理。於是大邱遠近馳名的炸雞店，如橋村炸雞、Mexican 炸雞、噹噹炸雞（땅땅치킨）等就此誕生。大邱與雞的淵源更讓韓國人賦予它「雞句伐（닭구벌）」這個有趣的別名。這是大邱舊地名達句伐（달구벌）的諧音，同時也是大邱人引以為傲的雅號。

　　受歷史背景和產業連結的影響，也為展現大邱的炸雞文化，自 2013 年起，每年七月，頭流公園都會舉辦大邱炸雞啤酒節，吸引國內外遊客在仲夏夜裡共度美好時光，品嘗炸雞和啤酒的絕妙滋味。活動期間，不僅有各種口味的炸雞和啤酒，還有市集、遊戲、表演等多元活動，讓現場更加熱鬧。其中，由韓國偶像明星和知名 DJ 參與的拼盤演唱會最受歡迎，將現場氣氛推向最高潮。

濟州野火節
제주들불축제

統營閑山大捷慶典
통영한산대첩축제

「必死則生，必生則死」，這是韓國民族英雄李舜臣將軍在「鳴梁海戰」中，振奮士氣的名言。然而，在這場名聞遐邇的戰役之前，李舜臣將軍早已於「閑山島海戰」中充分展現了英勇與智慧。

「閑山島海戰」是壬辰衛國戰爭的三大捷之一，與「晉州大捷」和「幸州大捷」齊名。這場發生在統營的海戰，對日軍造成了致命打擊。李舜臣將軍率領的朝鮮水軍，用少量的戰艦，配合鶴翼陣的戰略，成功阻斷了日軍在黃海的補給線，迫使日軍只能依靠會耗費龐大人力、物力的陸路運輸，從而擾亂了豐臣秀吉進攻中原的計畫。

為紀念李舜臣將軍的功績，韓國於 1962 年起舉辦「閑山大捷慶典」，地點即為海戰發生地，且同時為朝鮮時期水軍初代統制營的統營市。慶典最初於春季或秋季舉行，後為還原戰役的歷史背景，調整至八月舉辦，並將主要節目安排於日落後，避免酷暑破壞興致。

慶典以傳統軍隊清點揭開序幕，並以閑山海戰再現為高潮。此外，也結合韓國文化觀光及當地美食，吸引遊客共襄盛舉，更加認識韓國歷史。

每年農曆正月十五前後，濟州島西部的晨星岳（새별오름）會在夜幕低垂時被火焰點亮，並在熊熊火光下，宣告「濟州野火節」的重頭戲已然登場。

這個節日源於濟州先民的放牧文化，是一種與自然和諧共生的儀式，也寄寓了祈福的意義。

在 1970 年代以前，濟州島的農家們普遍飼養了二至三頭牛幫忙耕種，到了農閒期，各村落的農家們則會合作輪班，帶牛群到中山間（山與山之間的平地）放牧。為了清除牧地的枯草和害蟲，並祈求平安及豐收，各村落會在晚冬至春分期間，於牧地上放火，讓新草得以重生，這種習俗被稱作「放野（방애）」。

自 1997 年起，濟州島為傳承古老的放牧文化，開始將其結合現代方式詮釋，並將有著「如晨星般閃亮」美稱之寄生火山——晨星岳作為節日場地，讓火光映照在天空中，形成壯觀的景象。

然而，考量氣候變遷、野火災害頻傳，濟州市政府也在和居民商議後，表示將不再於山嶺點火並停辦 2024 年野火節，待 2025 年以新樣貌與大家相見。

安東國際假面舞節
안동국제탈춤페스티벌

你在韓劇或韓式餐廳裡有見過一個笑容詭異的木製面具嗎？那是已有八百多年歷史，被列為第121號韓國國寶的「安東河回假面」。河回假面共有11種角色，包含貴族（양반）、書生（선비）、奴役（초랭이）、白丁（백정）、妓生（부네）、新娘（각시）、老婦（할미）、破戒僧（중）、傻子（이매），以及一對野獸（주지：암，수）。

據傳在高麗時代，河回村瘟疫肆虐，村內一名許姓青年夢見仙人告訴他，若村民戴著假面跳舞，就能得到神明的庇佑，但在假面製作結束前，不能被任何人看見。為了村子的安寧，青年開始製作假面，但在最後一個面具完成前，愛慕青年的金氏少女因止不住思念，便偷偷跑去觀看，造成青年當場吐血身亡，女孩也因此抑鬱而終，這便是河回面具的由來。

為推廣河回假面文化，自1997年起，安東每年十月初都會舉辦為期一週的假面舞節，並邀請世界各地的假面舞團隊齊聚交流。慶典每年皆吸引超過百萬名遊客蒞臨，是韓國的榮譽代表文化觀光慶典。若有時間，不妨去一趟安東國際假面舞節，親眼見證假面舞的魅力！

蔚山艮絕岬迎日節
울산 간절곶 해맞이

倒數三、二、一，新年快樂！

在整夜的狂歡後，許多人仍會選擇清晨起床、一同迎接新年的第一個晨曦，期盼一年有著嶄新的希望。

蔚山郡的艮絕岬，是韓國最早看見日出的地方。每年12月31日傍晚，當地就會開始迎日節的活動，各式各樣的文化藝術表演、音樂會及煙火秀，為即將到來的新年增添熱鬧氣息，參與的民眾也能在歡樂的氛圍下互祝新年快樂，一同度過美好又溫馨的夜晚。

隔日清晨，艮絕岬則會迎向最精彩的時刻。人們早早起床，齊聚於艮絕岬的海邊或展望台，等待日出的到來。當火紅的太陽從海平線上緩緩升起，有些人會發出歡呼聲，有些人則閉眼誠心地向太陽祈願，也有些人會寫下自己的心願，投入艮絕岬的大郵筒。日出過後，人們還可以在這裡參加各種活動，感受韓國的風土人情和新年氣氛。

蔚山艮絕岬迎日節是一個充滿希望和喜悅的慶典，讓人們感受生命的美好與力量。下一次新年，何不實際走訪，給自己一個難忘的回憶呢？

釜山國際電影節
부산국제영화제

千禧年後，韓國以獨特的影視文化塑造了世界潮流，其中，釜山國際電影節是其影響力的重要見證。

作為韓國第一個大型國際電影節，也是亞洲規模最大的影展，釜山國際電影節自 1996 年在釜山首辦，後逐年擴大規模，爾後固定每年 10 月在海雲臺電影殿堂及南浦洞 BIFF 廣場舉辦，並自 2019 年起納入電視內容，讓節目更加豐富精彩。

電影節期間，不僅會放映各國優秀的影視作品，眾多知名影星及電影人也會親臨會場。他們會於前身為劇場街的 BIFF 廣場留手印紀念，並出席海雲臺電影殿堂的各項典禮。

此外，電影節還有另一個重頭戲，便是令眾多內容創作者及影視業者趨之若鶩的亞洲內容暨電影市場展。在這裡，創作者、影視公司與版權代理商等，可互相尋求合作與交易的機會，而 2022 年新設立的「釜山故事市場」，更使具潛力的 IP 作品得以開啟影視化的大門。

若你熱愛收看影視節目，請把釜山國際電影節納入必去行程，說不定還能遇到喜歡的演員哦！

Waterbomb 潑水音樂節
워터밤 뮤직 페스티벌

誰說演唱會只是聽歌的場合？炎炎夏日，有趣的 Waterbomb 潑水音樂節顛覆你對演唱會的想像！

Waterbomb 是韓國盛大的音樂慶典，主打「觀眾與表演者一同歡樂地打水仗並欣賞音樂」，受邀而至的表演者各自輪番演奏擅長的歌曲類型，無論是 K-POP、Hip-Hop 還是 EDM，都能在 Waterbomb 盡情享受，保證值回票價。

Waterbomb 自 2015 年 8 月於首爾初登場後，便獲得廣大迴響，現已成為夏季必訪的音樂盛事。

為了滿足更多音樂愛好者，2018 年起，Waterbomb 跨足六大城市，在首爾之後來到了釜山、仁川、大邱、光州和大田，後又再至水原、束草、濟州，總計涵蓋九個城市。這一快速擴張使其成為韓國首個在一年內巡迴舉辦的大型音樂慶典。

如果你已滿 19 歲，何不計劃前往韓國體驗這場獨特的水中音樂盛宴？除了與偶像一同玩水，還能以全新的角度體驗演唱會的熱情。出發前請確保攜帶護照，並穿著舒適，且別忘了，玩水時要注意安全，避免水槍傷害到他人。

首爾國際煙火節
서울세계불꽃축제

本就五光十色的首爾夜晚，在舒爽的十月裡，天空又綻放起朵朵繽紛絢爛的煙花。

或許緣分真的是從命名時就已締結，前身為韓國火藥株式會社的世界 500 強企業——韓華集團（한화／韓火），有感於首爾市民們每日汲汲營營，希望能為現代人忙碌的日常帶來些許快樂，故自 2000 年開始投入社會福祉奉獻，在汝矣島漢江公園一帶定期主辦國際煙火節，邀請國內外煙火匠人於韓國最繁華的都市夜幕裡，炸出激勵人心的鮮豔繁花。

首爾國際煙火節的另一亮點，是韓華集團引以為傲的多媒體煙火秀，以音樂及雷射光線搭配煙火施放的絢麗表演，堪稱亞洲最頂級的煙火秀，每年都吸引百萬名觀眾匯聚於汝矣島漢江公園周邊。

韓華集團透過首爾國際煙火節，不僅展現了自身的熱情，更搭建了人與人之間情感的橋樑，彷彿在告訴世人：縱使生活中有數不盡的忙碌與壓力，但在煙火齊發的此刻，先一同擁抱煙火的美麗，感受生活的精彩與希望吧！

浦項國際煙火節
포항국제불빛축제

啾——砰！五顏六色的璀璨煙火點綴著漆黑夜空，不讓首爾及釜山專美於前，浦項國際煙火節以「光與火之都」的城市特色，讓浦項於世人眼前發光發熱。

浦項作為鋼鐵重鎮，孕育出世界級的鋼鐵製造商「浦項鋼鐵（POSCO）」。2004 年，為慶祝浦項市民之日，浦項鋼鐵決定以煙火節的方式，對象徵浦項的光芒和煉鋼廠熔爐的火焰表達敬意。此後，節日逐年擴大規模，更結合國際煙火大賽，邀請來自世界各地優秀的煙火團隊施放令人驚嘆的作品。

浦項國際煙火節除了有精彩絕倫的煙火藝術，更結合在地產業及文化，安排舞蹈表演、歌唱才藝以及戲劇演出，展現浦項市的歷史、傳統、民俗、藝術等多元的文化面貌，增添煙火節的熱情和趣味性。

浦項國際煙火節通常於五、六月舉行，遊客不僅能欣賞絢爛和創意十足的煙火表演，還能順道品嘗新鮮的海產料理，以及走訪眾多韓劇拍攝景點！

撰文者簡介 | Mindy 麵滴

本名黃瑋涵，大學時有幸到大邱教育大學交流，進而認識更多韓國文化。因喜愛歷史與人文，畢業後曾在臺灣歷史博物館擔任導覽員。現今，除持續進修外，也涉獵教學和漫畫翻譯。時而寫文章、製作影片，希望能分享給同樣喜歡韓國的人。

대화
Conversation

許多人會選擇在特殊節日前往韓國旅遊，或特地安排參加某些一年一度的韓國慶典，體驗不同於台灣的過節氛圍。本章節收錄了 10 個從年初到年末的節日相關對話，除了大家耳熟能詳的活動，也額外補充了節日與慶典小知識，邀請你一起用節慶體驗韓國的四季。

01

보신각 타종 행사, 제야의 종

普信閣迎新敲鐘祈福活動

對話  01

친구 1: 와, 오늘 날씨 엄청 추운데도 발 디딜 틈이 없네! 이게 다 제야의 종소리를 들으러 온 사람들이겠지?

친구 2: 그러게 말이야. 코로나가 끝나고 타종 행사를 시작한 지 얼마 되지 않아서 그런지 종각 사거리가 정말 붐빈다.

아나운서: 2024 년을 열어 줄 열네 분의 타종인사들을 무대로 모시도록 하겠습니다.

친구 1: 이제 시작하려나 봐. 아, 맞다. 저분은 지난번 폭우 때 많은 시민을 구한 의인이시네.

친구 2: 나도 그 뉴스 본 적 있어. 나도 내년에는 내 주변의 어려운 이웃들을 도와주면서 살아야지.

아나운서: 카운트다운 같이 외쳐 볼까요! …오, 사, 삼, 이, 일! 2024 년 청룡의 해, 여러분들 새해 복 많이 받으세요!

친구 1, 2: 해피 뉴이어! 새해 복 많이 받아.

朋友 1: 哇, 今天天氣這麼冷, 還是擠得沒有地方站! 這些應該都是來聽除夕鐘聲的人吧?

朋友 2: 就是說啊。可能是因為新冠疫情結束後, 敲鐘活動開始還沒多久, 鐘閣十字路口真的很擁擠。

主持人: 讓我們邀請將為我們開啟 2024 年的十四位敲鐘者上台。

朋友 1: 好像要開始了。啊, 沒錯, 那位是上次暴雨時救了很多市民的義士。

朋友 2: 我也看過那則新聞。我明年也要在生活中幫助身邊的弱勢鄰里。

主持人: 大家一起放聲倒數! ……五、四、三、二、一! 2024 年青龍年, 祝各位新年快樂!

朋友 1、2: Happy New Year! 新年快樂。

單字及片語

발 디딜 틈이 없다 : 摩肩接踵、人山人海
붐비다 : 擁擠

의인 (義人) : 義士
외치다 : 高喊；呼籲

A/V- 아 / 어 / 해서 그런지 , N（이）라서 그런지

用於說話者推測前文的行為或狀態是後文的原因或理由時。

例句

① **스트레스를 받아서 그런지 입맛이 없어요 .**

或許是因為壓力大，沒什麼胃口。

② **날이 더워서 그런지 카페 안에 사람이 많아요 .**

或許是因為天氣炎熱，咖啡廳裡人很多。

③ **요즘 다이어트를 해서 그런지 바지 사이즈가 준 것 같아요 .**

或許是因為最近在減肥，褲子尺寸好像變小了。

④ **설날이라서 그런지 길거리에 문을 연 가게가 별로 없네요 .**

或許是因為春節的關係，街上沒幾家店開門營業。

普信閣的常設敲鐘活動

每年一到 12 月 31 日的 24 時，普信閣就會敲響 33 下的鐘聲。此時負責敲鐘的敲鐘者，是透過市民推舉，從社會各領域選出為今年增添光彩的傑出人士。為了聽他們敲響鐘聲，市民們不畏天氣寒冷，在普信閣待至深夜，一邊聆聽著鐘聲，一邊許下新年的願望。各位知道自己也有機會親自敲響普信閣的鐘聲嗎？那就是普信閣的常設敲鐘活動。除了週一之外，每天中午十二點皆會進行敲鐘活動，只要申請就能參加。韓國人必須透過網站事前預約，但每週二會實施外國人體驗專案，只要在 11 點 40 分之前抵達，不需事前預約也可以敲鐘。各位也來試試敲響普信閣的鐘聲、許下願望吧！

02

오늘 너에게 고백할 거야

今天要向你告白

남자친구 : 갑자기 이건 무슨 초콜릿이야 ?

여자친구 : 오늘 발렌타인데이잖아 . 어제 새벽부터 내가 직접 만들었어 .

남자친구 : 깜빡하고 있었는데 정말 고마워 .

여자친구 : 9 월 17 일 고백데이에 처음 사귀고 크리스마스 때 백일 기념 데이트를 네가 준비했잖아 . 오늘은 우리의 첫 발렌타인데이라서 내가 데이트 코스를 준비해 봤어 .

남자친구 : 기대된다 ! 그래서 오늘 뭐 할 건데 ?

여자친구 : 근사한 레스토랑에서 식사도 하고 대학로에 가서 연극도 볼 거야 . 이미 표도 예매해 놨어 .

남자친구 : 이건 내가 보고 싶었던 공연이잖아 . 기억하고 있었구나 .

여자친구 : 당연하지 ! 다음 달은 화이트데이야 . 오늘처럼 잊으면 안 돼 !

남자친구 : 내가 앞으로 모든 기념일을 잘 챙겨 줄게 . 그럴 수 있도록 계속 나와 함께해 줄래 ?

男友：怎麼突然送我巧克力？

女友：今天是情人節啊。我從昨天一大早開始親手做的。

男友：我忘記了，真是謝謝你。

女友：9 月 17 日告白日開始交往，還有聖誕節時的一百天紀念約會都是你準備的啊。今天是我們的第一個情人節，所以我安排了約會行程。

男友：真令人期待！所以今天我們要做什麼？

女友：我們會去高級餐廳吃飯，還會去大學路看話劇。票都已經預訂好了。

男友：這不是我之前想看的公演嗎？原來你還記得。

女友：當然囉！下個月是白色情人節，你可不能像今天一樣忘記！

男友：我以後會用心準備所有的紀念日。為了實現這個目標，你願意一直跟我在一起嗎？

깜빡하다：遺忘；閃爍
근사（近似）하다：不錯的、很好的；相似的
대학로（大學路）：位於鐘路區，許多藝文活動在此舉辦
챙기다：準備、整理；照顧

  04

V- 아 / 어 / 해 놓다

表示完成某動作並持續保持該狀態。

例句

① 늦가을이나 초겨울에 겨울 동안 먹을 김치를 미리 담가 놓는 것을 김장이라고 해요 .

在秋末或初冬時提前醃製整個冬季要食用的辛奇，稱為越冬辛奇。

② 실수로 에어컨을 켜 놓고 여행을 다녀왔더니 이번 달 전기세가 많이 나왔어요 .

不小心開著空調就去旅行了，所以這個月的電費很貴。

③ 엄마가 저녁을 차려 놓고 기다리고 계셔서 빨리 집에 가야 해 .

媽媽做好晚餐在等我，所以我必須趕緊回家。

④ 우선 숙제를 다 해 놓고 핸드폰 게임을 하는 게 어때 ?

先做完功課再玩手機遊戲怎麼樣？

BONUS!

韓國每個月 14 號都是情人節？

韓國每個月的 14 日都是情人節。最具代表性的是女性送巧克力向心儀的男性告白的 2 月 14 日西洋情人節，以及男性送糖果向心儀的女性告白的 3 月 14 日白色情人節。除此之外，還有戀人之間互送玫瑰花的 5 月 14 日玫瑰情人節、透過接吻確認彼此愛意的 6 月 14 日親吻情人節，以及贈送銀製飾品的 7 月 14 日銀色情人節等。當然也有屬於單身者的紀念日。最具代表性的是 4 月 14 日黑色情人節，用黑色來表達因無法成為情侶而被燒得一片焦黑的心。這一天，西洋情人節沒收到巧克力的男性，和白色情人節沒收到糖果的女性，會一邊吃著炸醬麵或濃縮咖啡等黑色食物，一邊安慰彼此。

03

제주도에 꽃구경하러 가자！

到濟州島賞花吧！

對話  05

친구 1 : 요즘 일 때문에 스트레스가 너무 심한데 4 월에 연차 내고 제주도 여행갈까 ?

친구 2 : 그래 , 좋은 생각이다 . 작년에는 버스 타고 다니느라 제주도를 제대로 즐기지 못 한 것 같아서 좀 아쉬웠거든 .

친구 1 : 맞아 . 그때 이후로 면허를 땄으니 , 이번엔 차를 렌트해서 다니자 . 4 월엔 유채꽃 시기니까 꽃구경하면 딱 좋겠다 .

친구 2 : 이번엔 그때 버스 편이 없어서 못 갔던 녹산로 유채꽃 도로에 꽃구경하러 가는 게 어때 ?

친구 1 : 그래 . 유채꽃이랑 벚꽃을 동시에 볼 수 있어서 그렇게 예쁘다며 ?

친구 2 : 성산일출봉 근처에도 바다를 배경으로 유채꽃을 무료로 볼 수 있는 명소들이 많대 .

친구 1 : 이번엔 제주도 해안 도로를 따라 드라이브할 생각을 하니까 너무 설렌다 .

朋友 1 : 最近因為工作壓力好大，4 月請年假去濟州島旅行怎麼樣？

朋友 2 : 好啊，好主意。去年因為搭公車移動，感覺沒能好好享受濟州島，有點可惜。

朋友 1 : 對啊，在那之後我考到了駕照，這次我們租車玩吧。4 月是油菜花季，正適合賞花。

朋友 2 : 這次我們去那時候因為沒公車，所以沒去成的鹿山路油菜花道賞花怎麼樣？

朋友 1 : 好啊，聽說可以同時看到油菜花和櫻花，所以很漂亮？

朋友 2 : 聽說城山日出峰附近也有很多以大海為背景，可以免費觀賞油菜花的勝地。

朋友 1 : 一想到這次可以沿著濟州島的海岸公路兜風，我就好興奮。

單字及片語

연차를 내다 : 請年假（特休）
면허를 따다 : 取得駕照

렌트（rent）하다 : 租用、租借
명소（名所）: 名勝、景點

 句型與表達 06

V- 느라 (고)

表示因前句的理由導致後句的負面結果。

例句

① **요즘 일을 하느라고 운동을 할 시간이 없어요 .**

最近因為工作，沒有時間運動。

② **아침마다 아이를 깨우느라 바빠요 .**

每天早上都忙著叫孩子起床。

③ **음악을 듣느라고 친구가 부르는 소리를 못 들었어요 .**

因為在聽音樂，沒聽到朋友呼喚的聲音。

④ **부엌에서 음식을 만드느라 전화를 못 받았어요 .**

因為在廚房煮菜，所以沒接到電話。

BONUS!

如何在濟州島自駕遊？

韓國大眾運輸發達，旅行時不會遇到太大的困難，然而要前往郊區的旅遊景點多少仍有些不便。特別是像濟州島這樣的島嶼，公車班次不像首爾或釜山那麼多，因此更適合租車自駕遊。以前台灣人不能在韓國租車，但自 2022 年 2 月 18 日起，韓國和台灣簽署了國際駕照相互承認瞭解備忘錄，現在台灣人可以在韓國自由租車。只要在前往濟州島旅行前透過網路預約，就可以選擇從普通轎車到 SUV 或九人座休旅車等各式車款。租車時記得備妥國際駕照、台灣汽車駕照和護照。各位可以使用車上基本內建的導航，但 Naver 地圖的導航支援中文服務，所以建議並行使用。最後，大家知道租車時保險是必須的吧？那麼，接下來就請安全地享受在濟州島兜風的樂趣吧！

삼겹살이랑 김치 한 입으로!

一口吃下五花肉配辛奇!

한국 친구 : 여기가 삼겹살 맛집이야 .

외국 친구 : 한국인은 삼겹살을 자주 먹는다며 ?

한국 친구 : 맞아 . 나도 일주일에 한 번 이상은 먹는 것 같아 .

외국 친구 : 삼겹살이 한국인의 소울푸드라더니 정말이구나 ! 어떻게 먹는 게 가장 맛있어 ?

한국 친구 : 삼겹살이 기름지니까 파나 양파 절임하고 같이 쌈 채소에 싸 먹거나 김치를 곁들여 먹어 .

외국 친구 : 무슨 음식을 먹든지 김치가 빠지지 않는 것 같아 .

한국 친구 : 삼겹살을 구울 때 마늘이나 김치도 같이 구워서 먹으면 별미<u>거든</u> . 사장님 ~ 저희 주문할게요 !

직원 : 네 , 뭘 드릴까요 ?

한국 친구 : 삼겹살 2 인분하고 공깃밥 두 공기 주세요 .

직원 : 고기는 3 인분부터 주문하실 수 있습니다 .

한국 친구 : 그럼 3 인분 주세요 . 감사합니다 .

韓國朋友 : 這裡是五花肉美食餐廳。

外國朋友 : 聽說韓國人經常吃五花肉?

韓國朋友 : 對啊,我一星期好像也會吃一次以上。

外國朋友 : 人家說五花肉是韓國人的靈魂食物,原來是真的!要怎麼吃最好吃?

韓國朋友 : 五花肉比較油膩,可以跟醃蔥或醃洋蔥一起包在包肉蔬菜裡吃,或是配辛奇吃。

外國朋友 : 好像不管吃什麼食物,都少不了辛奇。

韓國朋友 : 烤五花肉的時候,如果將大蒜或辛奇也一起烤著吃,更是別有風味。老闆~我們要點餐!

餐廳員工 : 好的,您需要什麼?

韓國朋友 : 請給我兩人份的五花肉和兩碗飯。

餐廳員工 : 肉至少要點三人份以上。

韓國朋友 : 那請給我三人份,謝謝。

곁들이다：配著、搭配
빠지다：缺少、漏掉
별미（別味）：特別風味
공깃（空器）밥：（碗裝的）飯

句型
與
表達

08

A/V- 거든（요），N（이）거든（요）

表示前述內容的理由、原因或依據。

例句

① 오늘 점심은 간단하게 샐러드를 먹으려고요．배가 안 고프거든요．

今天午餐打算簡單吃個沙拉，因為肚子不餓。

② 내일 아침은 늦게 일어나면 안 돼요．오전에 중요한 회의가 있거든요．

明天早上不能晚起，因為上午有個重要的會議。

③ 미안한데 오늘 약속을 취소해야겠어．갑자기 야근해야 하거든．

對不起，今天的約得取消了，因為我突然必須加班。

④ 우리 두 사람이 많이 닮았지요？사실 우리는 자매거든요．

我們兩個人長得很像吧？其實我們是姊妹。

BONUS!

五花肉與辛奇有專屬節日？

韓國人對五花肉和辛奇是真心的，甚至有 3 月 3 日五花肉日和 11 月 22 日辛奇日。可以開玩笑地說，辛奇配上辛奇炒飯、辛奇煎餅和辛奇鍋的一桌飯菜才是道地韓國人的飯桌。家家戶戶的冰箱裡都有辛奇，配備辛奇冰箱的家庭也不少，而五花肉可以說是與辛奇最對味的搭配。韓國的豬肉消費量為每年 137 萬噸，全世界排名第 9，考量到韓國人口數為全球第 26 名，便可得知人均豬肉消費量有多大。其中，韓國人最喜歡的豬肉部位是五花肉，五花肉不僅是豬肉的一個部位名稱，還被定義為一種「料理」，甚至可以用來指稱韓國人烤五花肉吃的飲食文化本身。如果前往韓國旅行，別忘了一定要嘗嘗韓國人的靈魂食物——五花肉和辛奇。

함께 떠나자 바다로!

一起到海邊消暑！

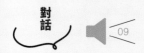

對話 09

친구 1 : 오늘도 푹푹 찌네 . 바다에서 시원하게 수영이나 하고 싶다 . 우리 대천 해수욕장 갈까 ?

친구 2 : 해수욕장 ? 나 얼굴 타는 거 정말 질색인데 . 요샌 햇빛이 강해서 기미가 금방 생긴단 말이야 .

친구 1 : 너 평소에 미백 에센스에 크림까지 잘 챙겨 바르고 있잖아 . 그리고 요즘 자외선 차단제가 얼마나 잘 나오는데 . 자외선 차단 지수가 높은 선크림에 선쿠션 , 선립밤에다가 선패치까지 붙이면 완벽 무장이야 .

친구 2 : 그래 ? 그럼 오랜만에 해수욕이나 할까 ?

친구 1 : 대천 해수욕장에 가는 <u>김에</u> 보령 머드 축제도 가자 . 머드 수영장에서 게임도 하고 머드 미끄럼틀도 탈 수 있대 .

친구 2 : 진짜 ? 재밌겠다 . 머드 체험도 하고 머드팩도 하고 . 완전 일석이조네 .

朋友 1：今天也好悶熱喔，真想在海裡痛快地游泳。我們去大川海水浴場好不好？

朋友 2：海水浴場？可是我真的很討厭臉被曬黑。最近陽光很強，曬一下立刻就會長斑。

朋友 1：你平常不是都有認真塗抹美白精華和乳液嗎？而且最近的防曬產品不知道做得有多好。防曬係數高的防曬乳加上防曬氣墊、防曬護唇膏，再貼上防曬貼片，就是完美武裝了。

朋友 2：是嗎？那就久違地去游泳玩耍囉？

朋友 1：既然要去大川海水浴場，我們也順便去保寧泥漿節吧。聽說可以在泥漿泳池裡玩遊戲，還可以溜泥漿滑梯。

朋友 2：真的嗎？一定很有趣。既可以體驗泥漿，又可以敷泥漿面膜，簡直一石二鳥。

單字

질색（窒塞）：討厭、厭惡
기미：斑

무장（武裝）：武裝、全副武裝
일석이조（一石二鳥）：一舉兩得

V- 는 김에

表示趁進行前面動作（原來目的）的機會，一起進行後面的動作。意思是「趁那個機會……」。

例句

① 일본 출장을 가는 김에 여행도 하다 올 계획이에요.

　　我計劃趁去日本出差時，順便旅遊。

② 냉장고 청소를 하는 김에 안에 있던 재료로 비빔밥을 만들어 먹을까요?

　　要不要趁清理冰箱時，用裡面的食材做拌飯吃？

③ 우리 집 김치를 담는 김에 넉넉하게 해서 옆집에도 나눠 줬다.

　　我們家醃辛奇時順手做了很多，還分給了鄰居。

④ 네 아침 만드는 김에 내 것도 좀 만들어 줘.

　　做你的早餐時，也順便做一下我的。

BONUS!

國際化的保寧美容泥漿節

每年七月，都會有來自世界各地的外國人湧入忠清南道的濱海城市——保寧市，他們都是為了參加韓國代表性的夏季慶典「保寧泥漿節」。該慶典始於 1998 年，最初是為了宣傳大川海水浴場等當地旅遊景點，但隨著時間推移，不僅在韓國國內，也受到許多海外人士的喜愛，因此成為韓國慶典中外國人參與比例最高的慶典。位於西海的保寧是公認的世界五大泥灘之一，這裡的天然泥漿不僅含有礦物質，還有大量對皮膚有益的成分，據說對皮膚美容有極佳的效果。保寧泥漿節有泥漿滑梯、泥漿遊戲等各種體驗活動，可以透過豐富多元的方式享受優質泥漿。你可以試著在盡情享受泥漿後，直接奔向大川近海洗個海水浴，感受前所未有的美妙夏天。

06

아아 없으면 못 살아！

沒來杯冰美式，渾身不對勁！

對話 🔊 11

김 대리 : 배도 부른데 과장님도 커피 한잔하실 거죠？

정 과장 : 그럽시다 . 김 대리는 오전에도 커피를 마시지 않았나요？

김 대리 : 저는 커피를 달고 삽니다 . 아침에도 눈뜨자마자 커피 한 잔 마시고 하루를 시작해요 .

정 과장 : 빈속에 커피를 마시면 안 좋다고 들었는데 .

김 대리 : 커피가 들어가야 머리가 돌아가요 . 식후에도 반드시 마셔줘야 하고요 . 과장님도 아아세요？

정 과장 : 오늘은 단 게 당기니까 라떼를 마셔야겠어요 . 우유를 두유로 바꾸고 바닐라 시럽 추가해서요 .

김 대리 : 과장님 우유를 못 드시죠？ 알겠습니다 . 그럼 제가 가서 주문하고 오겠습니다 . 테이크아웃할까요？

정 과장 : 점심시간이 많이 남았으니 마시고 들어갑시다 . 김 대리가 주문할 동안 제가 가서 자리를 맡을게요 .

金代理：吃飽了，科長也要來一杯咖啡對吧？

鄭科長：好啊。金代理上午不是也喝了咖啡嗎？

金代理：我的生活離不開咖啡。早上也是一睜開眼就要喝一杯咖啡，展開新的一天。

鄭科長：可是我聽說空腹喝咖啡不好。

金代理：我要喝咖啡，腦袋才會靈活，飯後也一定要喝。科長也要冰美式嗎？

鄭科長：我今天想喝甜的，所以要喝拿鐵。牛奶換成豆漿，還要加香草糖漿。

金代理：科長不能喝牛奶對吧？我知道了，那我去點餐再回來。要外帶嗎？

鄭科長：午餐時間還剩很多，我們喝完再回去吧。金代理點餐的時候，我會去占位子。

單字及片語

달고 살다 : 帶著生活（表示某物不離身，或者一直、經常）
머리가 돌아가다 : 腦袋轉動（表示腦袋靈活）

당기다 : 被吸引；被喚起（食慾）
자리를 맡다 : 占位子

 12

V- 자마자

用於當前句的動作完成後，緊接著發生後句的事件或動作時。

例句

① 제 남편을 처음 보자마자 이 사람과 결혼해야겠다는 확신이 들었어요.

第一次見到我老公，我就立刻確信我要跟這個人結婚。

② 대학에 들어가자마자 카페에서 아르바이트를 시작했어요.

一進大學就開始在咖啡廳打工。

③ 동생이 교통사고가 났다는 소식을 듣자마자 병원으로 달려왔다.

一聽到弟弟（妹妹）出車禍的消息，我就趕來醫院了。

④ 어떻게 간신히 실수를 수습하자마자 또 다른 실수를 저지를 수 있어?

怎麼能好不容易才收拾好殘局，就立刻犯另一個錯誤呢？

BONUS!

韓國江陵咖啡節

咖啡不再單純只是大家喜愛的飲品，而是韓國人生活中不可或缺的存在，甚至還創造出「아아（아이스 아메리카노 冰美式咖啡）」、「얼죽아（얼어죽어도 아이스 아메리카노 即使凍死也要喝冰美式咖啡）」、「카페인 수혈（咖啡因輸血）」等「咖啡新造語」。在咖啡廳比便利商店多 1.7 倍，並有「咖啡共和國」之稱的韓國，最著名的咖啡觀光勝地，就是位於江陵安木海邊的咖啡街。它是由多位知名咖啡師在靜謐的海邊定居而自然形成的商圈，有著可以一邊靜心眺望東海，一邊品味手沖咖啡的咖啡廳，還有咖啡博物館、咖啡圖書館、咖啡師學院和咖啡工廠等沿著海邊排列。除了咖啡之外，還可以品嘗各式各樣的手工甜點，充滿咖啡香氣的咖啡豆麵包和各式咖啡相關紀念品也很出名。如果你是熱愛咖啡的人，非常推薦參加每年十月舉辦的江陵咖啡節，全國知名咖啡業者都會參與，還會舉辦咖啡免費試飲活動、能學習咖啡相關專業技術的研討會，以及咖啡相關文化活動等，可以同時享受江陵大海的美景和香氣四溢的咖啡。

07

불꽃놀이는 언제 봐도 행복해

煙火總是讓人幸福

친구 1 : 올해 불꽃축제는 어디에서 볼까 ?

친구 2 : 글쎄 , 작년 10 월에 여의도 한강공원에서 봤잖아 . 이번에는 우리 다른 곳에서 보자 .

친구 1 : 서울 세계 불꽃축제 말이지 ? 맞아 . 그때 정말 장관이었는데 . 특히 여러 나라의 불꽃을 볼 수 있어서 좋았어 .

친구 2 : 이번엔 부산 불꽃축제 보러 가자 . 광안리 해수욕장에서 11 월에 한대 .

친구 1 : 뭐 ? 불꽃놀이를 보러 부산까지 가자고 ? 그럴 필요가 있을까 ?

친구 2 : 부산이 서울에 비해서 연출도 화려하고 규모도 더 크대 .

친구 1 : 아무리 그래도 그렇지 . 부산까지 가는 건 좀 그래 . 가는 데 시간도 걸리고 숙소도 잡아야 하잖아 .

친구 2 : 우리나라 최대 규모라잖아 . 부산에 가서 불꽃놀이도 보고 맛있는 돼지국밥도 먹고 오자 .

朋友 1 : 今年要去哪裡看煙火節呢 ?

朋友 2 : 這個嘛 , 去年 10 月在汝矣島漢江公園看過了 。這次我們去別的地方看吧 。

朋友 1 : 你是說首爾世界煙火節嗎 ? 沒錯 , 那時候真的很壯觀 。尤其是能看到不同國家的煙火 , 真的很棒 。

朋友 2 : 這次我們去看釜山煙火節吧 , 聽說 11 月在廣安里海水浴場舉行 。

朋友 1 : 什麼 ? 跑去釜山看煙火 ? 有那個必要嗎 ?

朋友 2 : 聽說釜山的表演比首爾更華麗 , 規模也更大 。

朋友 1 : 再怎麼說也……跑去釜山有點太誇張了吧 。去那裡既費時 , 還得安排住宿 。

朋友 2 : 那是韓國規模最大的耶 , 我們去釜山看煙火和吃美味的豬肉湯飯吧 。

單字

장관 (壯觀)：壯觀
연출 (演出)：演出、表演
규모 (規模)：規模
잡다：抓；掌握；安排

句型與表達 🔊 14

N 에 비해 (서) / 비하여

表示與前面的名詞相比如何。「비하여」主要用於書面或正式的場合。

例句

① 저는 형에 비해서 키가 커요 .

我個子比哥哥高。

② 한국 사람은 대만 사람에 비해서 술을 많이 마시는 편이에요 .

韓國人比台灣人喝更多酒。

③ 태풍 때문에 올해는 배추 가격이 작년에 비해 비싸요 .

由於颱風的關係，今年的白菜價格比去年高。

④ 올해는 작년에 비하여 교통사고 사망률이 많이 떨어졌다 .

今年的交通事故死亡率比起去年降低很多。

BONUS!

考慮環境而改變的煙火慶典

點綴夜空的華麗煙火，是慶典中不可或缺的亮點。大型煙火固然美麗，但它對環境帶來的影響也是美好的嗎？轉瞬即逝的煙火會排放溫室氣體和有毒化學物質，若吸入含有致癌物質的煙霧，不僅對健康有害，還會對環境造成負面影響。因此，全世界開始致力於以環保的方式，取代會引起空氣污染和破壞生態系統的煙火。韓國國內的慶典現場也產生了一些變化，例如群山時光旅行節、益山彌勒寺址媒體藝術節等地區慶典，用無人機秀取代煙火表演，也持續嘗試運用 LED 和 3D 立體螢幕等數位科技來替代。

08

11월 11일이 되면 빼빼로 주는 국룰?!

**一到 11/11
就要送 PEPERO?!**

對話 15

친구 1 : 우리 잠깐 편의점에 들르자 .

친구 2 : 갑자기 편의점은 왜 ?

친구 1 : 이제 곧 빼빼로데이잖아 . 지인들에게 선물할 빼빼로를 좀 사려고 .

친구 2 : 그래서 요즘 편의점마다 빼빼로 상품으로 가득했구나 ! 넌 매년 빼빼로데이를 챙겨 ?

친구 1 : 응 . 빼빼로데이가 오면 빼빼로를 <u>사다가</u> 가족들이랑 친구들에게 선물해 .

친구 2 : 맞네 . 나도 작년에 너한테 빼빼로를 받은 거 같아 .

친구 1 : 기업 상술이라지만 기념일을 핑계로 좋아하거나 감사했던 사람들에게 마음을 전하는 것도 괜찮다고 생각해 .

친구 2 : 네 말을 듣고 보니 맞는 거 같아 . 평소에 특별히 마음을 전할 기회가 없잖아 .

친구 1 : 너도 이번에 고마운 사람들에게 빼빼로를 선물해 보는 건 어때 ? 저 편의점은 빼빼로 바구니도 판다 . 가서 구경 좀 할까 ?

朋友 1：我們順便去一下便利商店吧。

朋友 2：為什麼突然要去便利商店？

朋友 1：馬上就是 Pepero Day 了，我想買一些巧克力餅乾棒送給熟人。

朋友 2：所以最近便利商店才會擺滿巧克力餅乾棒商品啊！你每年都會過 Pepero Day 嗎？

朋友 1：嗯，每到 Pepero Day，我就會買巧克力餅乾棒送給家人和朋友。

朋友 2：對耶，我去年好像也有收到你送的巧克力餅乾棒。

朋友 1：雖然是企業商業手法，但我覺得把節日當作藉口，向喜歡或感激的人表達心意也不錯。

朋友 2：聽你這麼說，好像也有道理，畢竟平常沒有特別能傳達心意的機會。

朋友 1：你這次也試著送巧克力餅乾棒給感謝的人如何？那間便利商店還有賣巧克力棒籃，要不要去看看？

빼빼로：PEPERO，韓國巧克力餅乾棒品牌
들르다：順便去
기업 상술（企業商術）：企業商業策略、
商業手法
핑계：藉口、說詞
바구니：籃子、簍子

句型與表達

16

V- 아 / 어 / 해다가

表示做完前面的某行為後，帶著該行為的結果，在其他地點做了後面的行為。

例句

① 제가 은행에서 돈을 찾아다가 드릴게요 .

　我會從銀行領錢給你。

② 샌드위치를 만들어다가 공원에서 친구들하고 같이 먹었어요 .

　我做了三明治，在公園跟朋友一起吃。

③ 도서관에서 책을 빌려다가 카페에서 읽어요 .

　我從圖書館借書在咖啡廳閱讀。

④ 저희 가게는 한국 의류를 수입해다가 판매하는 옷 가게입니다 .

　本店是進口韓國服飾販賣的服裝店。

BONUS!

PEPERO 的起源與爭議

在韓國，11 月 11 日是朋友或戀人等熟人之間互送巧克力餅乾棒的 Pepero Day。一開始是女學生希望變得像巧克力餅乾棒一樣纖細修長，所以和朋友互送巧克力餅乾棒。後來在該產品製造商的行銷活動推波助瀾下，便形成了韓國特有的節日 Pepero Day。但它也是被批評為「節慶行銷」和「大企業商業陰謀」的代表性節日。利用節日引導消費，藉此大量提升銷售額，9 月～ 11 月的巧克力餅乾棒銷售量確實也占了年銷售的一半以上。另外，11 月 11 日也是宣揚農業及農村之重要性，並激發農業人的榮譽及自豪的法定紀念日「農業人之日（농업인의 날）」，卻因 Pepero Day 而被埋沒。因此，有人發起互送長條年糕（가래떡）取代送巧克力餅乾棒的運動，因為長條年糕不僅與數字 1 相似，也是用農產品製成的。

크리스마스 선물로 뭘 받고 싶어요 ? 聖誕節想要收到什麼禮物？

친구 1 : 크리스마스가 코앞이네 . 지난번 크리스마스 때는 마니토를 뽑아서 선물을 줬었지 ?

朋友 1：聖誕節快到了耶。上次聖誕節的時候，我們抽守護天使送了禮物對吧？

친구 2 : 그래 . 지난번 마니토 선물 교환식 정말 재미있었어 . 그런데 선물 가격 상한선을 미리 정해야 할 것 같아 .

朋友 2：對啊，上次的守護天使交換禮物真的很有趣，但好像應該先設定禮物價格上限。

친구 1 : 이번에는 만 원 이내로 살 수 있는 쓸모없는 선물 교환식을 하자 . 이게 요즘 MZ 세대들 사이에서 유행이래 .

朋友 1：這次我們來辦 1 萬韓元以內能買到的無用禮物交換吧。聽說這最近在 MZ 世代之間很流行。

친구 2 : 쓸모없는 선물 교환식 ? 그게 뭔데 ?

朋友 2：無用禮物交換？那是什麼？

친구 1 : 각자 평소 절대로 사지 않을 선물을 준비해서 추첨을 한 다음에 뽑은 선물을 서로 나눠 갖는 거야 .

朋友 1：就是各自準備平常絕對不會買的禮物，抽籤後互相分享抽到的禮物。

친구 2 : 돈 주고 사지 않을 선물이라면 생선 모양 필통 , 대형 소주잔 , 인형 가발…이런 거 ?

朋友 2：不會花錢買的禮物，是指像魚形鉛筆盒、大型燒酒杯、洋娃娃假髮……這類東西嗎？

친구 1 : 그래 , 맞아 . 엉뚱한 선물을 고르고 그 선물을 고른 이유를 설명하는 과정을 즐기는 거지 .

朋友 1：對，沒錯。就是要享受挑選莫名其妙的禮物，並說明為何選擇那份禮物的過程。

친구 2: 듣고 보니 재미있겠다 . 다들 무슨 선물을 준비할지 기대되는데 ?

朋友 2：聽起來很有趣，真期待大家會準備什麼樣的禮物。

마니토：守護天使（遊戲）
상한선（上限線）：上限
쓸모없다：沒用、無用
엉뚱하다：出乎意料；莫名奇妙

V- 고 보니 （까）

用於表示前面的動作完成後，根據它而發現新的事實、感受或觀點時。

例句

① **약속 장소에 도착하고 보니까 아무도 없었다 .**

　　抵達約定場所後，發現一個人也沒有。

② **지하철을 타고 보니까 반대쪽으로 타서 다시 돌아왔어요 .**

　　坐上地鐵後，發現搭到反方向，所以又回來了。

③ **처음 만난 줄 알았는데 알고 보니 아는 사람이었다 .**

　　我以為是第一次見面，瞭解後才發現是認識的人。

④ **듣고 보니 내 잘못이 맞는 것 같다 .**

　　聽了之後發現好像確實是我的錯。

BONUS!

韓國人怎麼慶祝聖誕節？

越接近聖誕節，韓國人就越陶醉於聖誕節的氣氛中。在西方，聖誕節是與家人共度的重要時刻，但韓國的聖誕節略有不同。儘管城市裡也充滿華麗的裝飾，以及從商店裡流淌出聖誕歌曲的街道氛圍，但韓國的聖誕節可以說是情侶的節日，甚至有情侶為了讓聖誕節成為交往 100 天的紀念日，刻意在 9 月 17 日這天告白。情侶們會在聖誕節享受美好的約會，飯店、電影院和餐廳當然不會錯過這個機會，會針對情侶舉辦各種促銷活動。另外，高級飯店競相推出高價的聖誕蛋糕，而這些蛋糕非常受歡迎，十分難訂購。不過，聖誕節原本的宗旨是為了紀念實踐愛與分享的耶穌之誕生，所以也有一些人會從事志願服務或進行捐贈活動。

10

스키와 얼음낚시를 하러 강원도에 가자!

동생: 오늘 서울 체감 온도가 8도까지 떨어졌대. 추운 거 정말 싫은데.

妹妹：聽說今天首爾的體感溫度會降到 8 度，這麼冷真討厭。

언니: 넌 추위를 타서 겨울을 싫어하지. 그래도 겨울에만 할 수 있는 것들이 많아.

姊姊：你怕冷，所以討厭冬天吧。但還是有很多事只有冬天能做。

동생: 그렇긴 해. 따뜻한 온돌바닥에 엎드려서 귤도 까먹고 드라마 정주행도 하고.

妹妹：確實，可以趴在溫暖的地暖上剝橘子吃，還可以追劇。

언니: 겨울 간식도 좋잖아. 호빵, 계란빵, 붕어빵, 호떡 같은 거. 아! 우리 강원도나 갈까?

姊姊：冬天的零食也很棒啊，像是包子、雞蛋糕、鯽魚餅、糖餅之類的。啊！我們要不要去江原道？

동생: 무슨 소리야? 한겨울에 강원도라니?!

妹妹：你在說什麼？大冬天的去江原道？！

언니: 스키도 타고 얼음낚시도 하면서 열심히 놀다 보면 추위도 잊을 수 있을 거야.

姊姊：去滑雪和冰釣，這樣努力玩的話，就連寒冷也能忘記。

동생: 스키랑 낚시라면 준비해야 할 게 많을 텐데.

妹妹：說到滑雪和釣魚，應該需要準備很多東西吧。

언니: 거기서 스키복부터 보드랑 스키 장비, 낚시 도구를 대여할 수 있대.

姊姊：聽說那裡從滑雪服、滑雪板、滑雪裝備到釣具都租得到。

동생: 그럼 몸만 가면 돼?

妹妹：那只要人去就好了嗎？

언니: 강원도는 훨씬 추울 테니까 털모자나 목도리, 귀마개, 장갑, 방한복은 준비해야겠지.

姊姊：江原道會更冷，所以必須準備毛帽、圍巾、耳罩、手套和防寒衣。

추위를 타다 : 怕冷

드라마를 정주행하다 : 追劇

한겨울 : 嚴冬；整個冬天

몸만 가다 : 只要人去（意思是不用做任何準備直接去）

句型與表達 20

V- 다 보면

表示如果持續或重複某種行動，就可能出現後述的情況。

例句

① **이 길을 따라서 쭉 가다 보면 목적지에 도착할 수 있어요 .**

沿著這條路一直走的話，就能抵達目的地。

② **그렇게 밤마다 야식을 먹다 보면 살이 많이 찔 텐데요 .**

那樣每天晚上吃宵夜的話，應該會變胖很多。

③ **열심히 일하고 저축하다 보면 집을 살 수 있을 거예요 .**

如果努力工作和存錢，就能夠買房子。

④ **한국어를 꾸준히 공부하다 보면 한국 사람과 유창하게 대화할 수 있겠지요 .**

如果堅持學習韓語，就能跟韓國人流利地對話。

BONUS!

韓國著名的滑雪勝地

冬天氣溫降至零下的韓國，有著只有冬天才能享受的獨特浪漫和感性。例如韓國傳統的暖氣設施「暖炕」、各式各樣的冬季零食，以及在冬天特別香甜美味的水果、冬季時尚單品等等。最重要的是，不能錯過只有在冬天才能玩的運動。其中，滑雪是韓國人最喜歡的代表性冬季休閒活動，尤其是江原道，因地勢高、積雪量多，是享受冬季運動的最佳地點。韓國有幾個受歡迎的滑雪場，首先是擁有韓國最大的滑雪度假村，以悠久歷史及優良設施聞名的龍平度假村；而平昌阿爾卑西亞度假村則是 2018 年平昌冬奧會的舉辦地，不僅可以滑雪，還可以享受各種休閒活動；江原樂園海雲度假村是高級滑雪度假村，以豐富的雪量及美麗的自然景觀聞名；維瓦爾第公園則結合海洋世界，還能同時享受滑雪和溫泉。今年冬天，不如就到江原道享受韓國的冬季感性吧！

관점

View

本章將帶你認識更深層的韓國節日。有
些節日很耳熟，或者名稱和台灣相同，
但習俗卻大相逕庭，值得你細細探究；
有些或許你從來沒聽過，也不曾了解其
背景、由來，這將是你學習新知與更
了解韓國文化的契機。邀請你從 12 大
韓國節日，更深入觀察韓國。

Jan
●

Feb

Mar

Apr

May

Jun

Jul

Aug

Sep

Oct

Nov

Dec

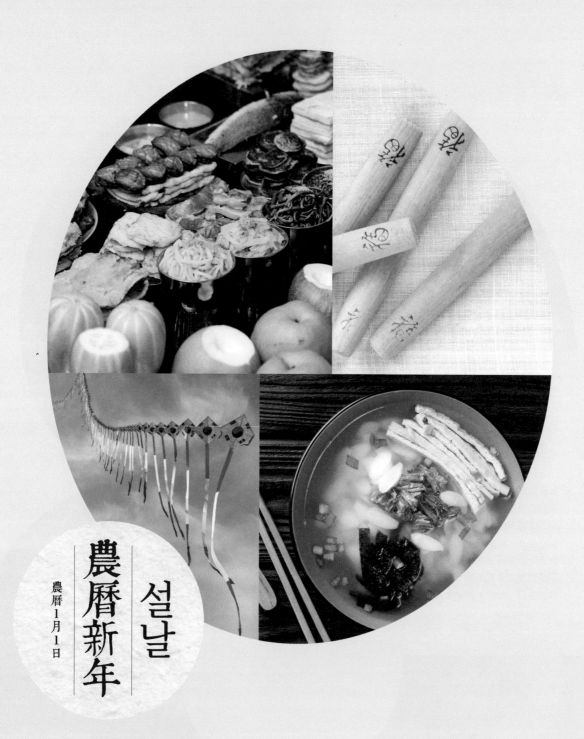

農曆新年
農曆1月1日
설날

什麼是農曆新年？ 🔊 21

한 해의 시작인 음력 1월 1일을 말하는 설은 한국 최대의 명절입니다. 설날에는 가족들이 모여 조상에게 차례를 지내고, 친척이나 웃어른들에게 세배하는 것이 일반적인 풍습인데요. 차례를 지내고 세배를 한 후에는 윷놀이·널뛰기·연날리기 등 여러 민속놀이를 즐기며 설을 보냅니다. 어떤 사람들은 설날 전날인 섣달 그믐밤에 자면 눈썹이 하얗게 변한다고 믿어 밤을 새우기도 합니다.

설날에 지내는 차례는 돌아가신 집안 어른들께 음식을 대접한다는 의미가 있는데요 . 이러한 상을 차례상이라고 합니다 . 집안에서는 설이 오기 전부터 시장에 가서 필요한 식재료와 물품을 구입하고 음식을 만드는 등 설 준비에 많은 시간을 보냅니다 . 차례상을 보면 음식을 아무렇게나 놓은 것 같지만 그렇지 않습니다 . 차례상을 차리는 방법에는 '어동육서', '두동미서', '좌포우혜', '조율이시', '홍동백서' 등과 같이 방향과 색상에 따라 음식을 놓는 방법이 있습니다 . 차례가 끝나면 차례상에 올렸던 음식을 먹는데요 . 이를 음복이라 합니다 . 음복은 조상이 먹었던 음식을 먹고 그 덕을 물려받는다는 의미가 담겨 있습니다 . 그 뒤 살아 계신 어른들에게 올리는 예의인 세배를 올립니다 . 아이가 어른들께 세배를 드리면 어른들은 아이에게 덕담을 해 줍니다 .

설이라는 이름은 어디서 왔을까요 ? 사실 이에 대해 여러 의견이 있는데요 . 새해 첫날이 낯설다고 해서 '낯설다'의 '설다'에서 왔다는 것 , 새해 첫날이 시작됐다는 의미의 '선날'이 '설날'로 변했다는 것 , 한국어에서 나이의 단위를 나타내는 단어 '살'과 같은 계통이라는 것 , 자중하고 근신한다는 의미를 가진 옛말 '섥다'에서 왔다는 것 등이 설날의 유래에 대한 대표적인 주장입니다 .

意味著一年之始的農曆正月初一，亦即新年，是韓國最大的節日。農曆新年時，家人聚在一起祭祀祖先，向親戚或長輩拜年是普遍的習俗。在祭祀和拜完年後，會玩擲柶遊戲、跳板戲、放風箏等各式民俗遊戲來度過農曆新年。有些人相信，如果在農曆新年前一天的除夕夜睡著，眉毛就會變白，所以會熬夜。

農曆新年舉行的茶禮祭祀，具有以食物款待家族已故長輩的意義，而這種祭桌稱為茶禮桌。韓國家庭從農曆新年到來前，就會開始去市場採買需要的食材、物品，以及烹調食物等，花費許多時間準備過年。從茶禮桌來看，食物似乎是隨意擺放的，但事實並非如此。擺設茶禮桌的方式有「魚東肉西」、「頭東尾西」、「左脯右醯」、「棗栗梨柿」、「紅東白西」等按照方位及顏色擺放食物的方法。茶禮祭祀結束後，人們會食用供奉在茶禮桌上的食物，這稱為飲福。飲福蘊含著食用祖先享用過的食物，並承襲其福蔭的意義。接著即向在世的長輩行禮拜年，孩子向長輩拜年，長輩則對孩子說吉祥話。

「설（農曆新年）」這個名稱從何而來？事實上，對此有許多不同說法。關於「설날」由來的代表性主張，有說新年第一天是陌生的，所以取自「낯설다（陌生）」的「설다」；有說是從意指新年第一天開始的「선（先）날」變化成「설날」；有說它與韓文中表示年齡單位的「살（歲）」一詞系出同源；還有說它來自意味著自重和謹慎的古語「섥다」等說法。

單字		
명절（名節）：節日	구입（購入）하다：購買
차례（－禮）：祭祀	물려받다：繼承、接手
세배（歲拜）하다：拜年、跪拜禮	덕담（德談）：祝福語、吉祥話
대접（待接）하다：接待、招待、款待	근신（謹慎）하다：小心、謹慎

吃了年糕湯，年紀就會變大？ 🔊 22

설날은 한국의 최대 명절인 만큼 먹거리도 다양합니다. 그중에서 '떡국'은 설날에 반드시 먹어야 하는 음식인데요. 한국 사람들은 "떡국을 먹으면 나이를 한 살 더 먹는다"라는 말을 합니다. 이는 조선시대 풍속을 담은 '열양세시기 (洌陽歲時記)' (1819)에도 등장하는데요. 기록에는 "섣달 그믐밤에 식구대로 한 그릇씩 먹는 것을 떡국이라고 한다"며 "아이들에게 나이를 물을 때 지금까지 떡국을 몇 그릇째 먹었느냐고 한다"고 적혀 있습니다.

떡국은 나이를 먹는다는 의미 말고도 다른 의미도 있는데요. 새해에 먹는 떡국의 하얗고 둥근 떡은 깨끗함과 재화가 풍족해진다는 의미도 있습니다. 정결한 마음으로 부자가 되길 바라는 것이지요.

옛날에 떡국에는 꿩고기를 넣고 끓였습니다 . 옛날 한국 사람들은 꿩을 '하늘닭'이라고 여겨 상서로운 조류로 여겼는데요 . 그만큼 귀하고 비싼 고기였습니다 . 사람들은 꿩고기가 없을 때는 닭고기를 넣고 끓이기도 합니다 . 한국 속담에서 필요한 게 없을 때 적당한 대체품을 찾아 사용한다는 의미인 '꿩 대신 닭'이라는 말이 여기서 왔다고 합니다 .

재미있는 점은 설날에 먹는 떡국도 지역에 따라 떡국의 재료와 만드는 방식이 달랐다는 것인데요 . 한반도 북부 지역은 만둣국을 , 중부지역은 떡만둣국을 , 남부지역은 떡국을 먹은 것으로 알려져 있습니다 . 지역에 따라 기후가 달라서 재배하는 농작물이 다르기 때문이었지요 . 만두는 복을 담고 있다고 알려져 있죠 . 옛날 한반도 북부지방 사람들은 돼지고기 , 숙주 등을 주재료로 하여 주먹만 한 크기의 만두를 꿩고기 국물에 끓여 먹었다고 합니다 .

農曆新年是韓國最大的節日，因此食物種類也相當繁多。其中，「年糕湯」是過年一定要吃的食物。韓國人說「吃了年糕湯，就會多長一歲」，這也出現在記載朝鮮時代風俗的《洌陽歲時記》（1819 年）中。紀錄中寫道「除夕夜全家人一人吃一碗的食物，稱為年糕湯」，且「詢問孩子們的年齡時，會問他們到目前為止吃過幾碗年糕湯」。

年糕湯除了增長年齡之外，還具有其他含義。新年吃的年糕湯裡的白色圓年糕，也有純潔和財源廣進的意義，即以潔淨之心期望成為富者。

以前年糕湯裡會放雉雞肉燉煮。從前，韓國人認為雉雞是「天雞」，視其為祥瑞之鳥，代表是非常珍稀且昂貴的肉類。人們在沒有雉雞肉時，也會放雞肉煮。據說韓國諺語中的「以雞代雉」便源於此，意思是在缺少需要的物品時，尋找合適的替代品使用。

有趣的是，過年吃的年糕湯根據地區不同，使用的材料和製作方式也有所不同。據悉，韓半島北部地區吃的是餃子湯，中部地區吃的是年糕餃子湯，南部地區吃的是年糕湯。這是因為每個地區的氣候不同，所以種植的農作物也不同。眾所周知，餃子包著福氣。從前，韓半島北部地區的人們會以豬肉、綠豆芽等作為主要材料，在雉雞肉湯中煮拳頭大小的餃子來吃。

單字			
풍속（風俗）：風俗、習俗		끓다：沸騰；發燙	
하양다：白；慘白		상서（祥瑞）롭다：祥瑞、吉祥	
재화（財貨）：財貨、財富		속담（俗談）：俗語、諺語	
풍족（豐足）하다：富足、充足		재배（栽培）하다：栽種、栽培	

各種新年遊戲 🔊 ²³

설날 연휴에는 모처럼 가족들이 한자리에 모입니다 . 그렇기 때문에 설날에 즐기는 놀이도 발달하게 되었는데요 . 설날의 놀이로는 윷놀이와 널뛰기 , 아이들의 연날리기 , 팽이치기 , 자치기 등이 대표적입니다 . 둥근 나무를 반으로 자른 4 개의 윷가락을 던지며 노는 윷놀이는 윷가락의 결과에 따라 말을 이동시켜 결승점에 먼저 도착하면 승리하는 놀이입니다 . 윷놀이는 한자어로 척사희 (擲柶戲) 라고도 하는데요 . 여러 명이 팀을 만들어 놀이를 할 수 있어 남녀노소 누구나 즐길 수 있습니다 .

설날에 사람들은 연날리기도 하는데요 . 액운을 쫓기 위해 연에 '액 (厄) ' 자를 써서 날려 보내기도 합니다 . 연을 좀 날릴 줄 아는 사람들은 연싸움도 합니다 . 연싸움은 상대방의 줄을 끊는 사람이 이기는 놀이입니다 . 그 밖에 아이들은 얼음판이나 땅바닥에서 팽이치기를 하거나 길고 짧은 두 개의 막대를 가지고 쳐서 가장 멀리 보내는 팀이 이기는 자치기도 즐깁니다 .

시대가 변하면서 새로이 대표 놀이로 자리 잡은 놀이도 있습니다 . 바로 화투인데요 . 모두 12 종류로 한 종류당 4 장씩으로 구성됩니다 . 카드에는 대부분 꽃이나 식물 그림이 그려져 있습니다 . 화투로 노는 대표적인 게임 방법으로는 두세 명이 즐길 수 있는 '고스톱'이 있는데요 . 19 세기 후반 일본 닌텐도가 생산한 '하나후다'가 한국에 들어온 뒤 1950 년 일본에서 개발된 고스톱 게임 방식도 전해지게 되었습니다 . 1970 년대 들어 고스톱은 한국인들 사이에서 보편적인 놀이로 자리 잡게 되었습니다 .

春節連假時，全家難得齊聚一堂，因此過年時玩的遊戲也隨之發展。代表性的春節遊戲有擲柶遊戲和跳板戲，以及孩子們玩的放風箏、打陀螺、打嘎等。擲柶遊戲是投擲四根由圓木切半而成的擲柶棍，根據擲出的結果移動棋子，先抵達終點即獲勝的遊戲。擲柶遊戲的漢字詞又稱為擲柶戲，可以多人組隊玩，無論男女老少都能樂在其中。

農曆新年時，人們也會放風箏。為了驅除厄運，還會將「厄」字寫在風箏上放飛出去，有些較擅長放風箏的人們還會鬥風箏。鬥風箏是一種由切斷對方風箏線的人獲勝的遊戲。此外，孩子們還喜歡在冰面或地面上打陀螺，或是玩以一長一短兩根木棍敲擊，由擊飛得最遠的隊伍獲勝的打嘎遊戲。

隨著時代變遷，也有作為新型代表遊戲占有一席之地的遊戲，那就是花牌。花牌由十二個種類、每個種類各四張組成，牌卡上大部分都畫有花卉或植物的圖案。用花牌玩的經典遊戲方式中，有可以兩三個人玩的「Go-stop」。十九世紀後半，日本任天堂生產的「花札」進入韓國後，1950 年於日本開發的 Go-stop 玩法也被傳入。1970 年代後，Go-stop 便奠定了地位，成為韓國人之間普遍的遊戲。

單字

모처럼：難得、好不容易	새로이：新；重新
발달（發達）하다：發達、發展；增強	구성（構成）되다：被構成、被組成
대표적（代表的）：代表性的、典型的	생산（生產）하다：生產
쫓다：趕走、驅趕；追趕	개발（開發）되다：被開發、被研發

Jan

Feb

Mar
●

Apr

May

Jun

Jul

Aug

Sep

Oct

Nov

Dec

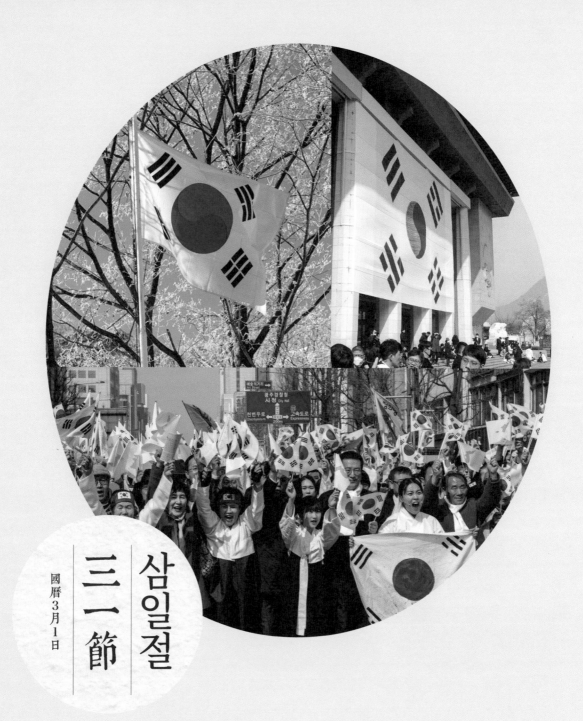

國曆3月1日 三一節 삼일절

三一節與高宗有關？ 🔊 24

한국에서 3·1절은 3·1운동을 기념하는 날로 5대 국경일 중 하나입니다. 3·1운동은 1919년 3월 1일 정오께 일제의 식민 통치에 항거해 세계에 자주독립을 선언하고 평화적 시위를 시작한 것을 말하는데요. 한국 사람에게 3·1절은 일본에 희생된 수많은 독립운동가와 나라의 소중함을 되새기고 다시는 나라를 빼앗기지 않도록 기억해야 하는 날로 여겨집니다.

과거에 조선이라 불린 한국은 1905 년 일본에 외교권을 강제 박탈당한 뒤 1910 년 강제 체결된 한일병합조약으로 주권마저 강탈당했습니다 . 일본은 평화적 방법이 아닌 무력으로 한반도를 지배하기 시작했고 한국인들은 이에 불만이 이만저만이 아니었지요 .

그리하여 한국의 민족 대표 33 인은 머리를 맞대고 "조선은 독립한 나라이며 조선 사람은 자주적인 민족"이라는 구절을 첫 문장에 담은 독립선언서를 만들어 발표했습니다 . 동시에 한반도 곳곳에서는 태극기를 든 사람들이 길거리로 나와 독립을 외쳤지요 .

원래 이 운동은 조선의 마지막 왕 '고종'과 깊은 관련이 있는데요 . 이 운동은 원래 고종의 장례식이 예정된 3 월 3 일에 하려고 했어요 . 일본이 고종을 독살했다는 소문이 돌면서 사람들의 분노는 극에 달한 상태였습니다 . 민족 대표들은 이를 이용해 독립운동을 극대화하려고 한 것이지요 . 하지만 황제의 장례식날에 소란을 피우면 무례하다는 의견이 분분해 날짜를 1 일로 바꾸게 됐습니다 .

　　韓國三一節作為紀念三一運動的節日，是五大國慶日之一。三一運動是指在 1919 年 3 月 1 日正午時分，抵制日本殖民統治，向世界宣布自主獨立並開始和平示威的運動。對韓國人來說，三一節被認為是一個必須銘記的日子，需反思犧牲於日本的無數獨立運動家以及國家的重要性，不讓國家再次被奪走。
　　過去被稱為朝鮮的韓國，1905 年被日本強行剝奪外交權後，又因 1910 年強制簽訂的日韓合併條約，連主權也遭到強奪。日本開始以武力而非和平手段統治韓半島，韓國人對此相當不滿。
　　於是，33 名韓國民族代表聚在一起制定並公布了獨立宣言書，其中第一句就寫著「朝鮮是獨立的國家，朝鮮人是自主的民族」這句話。同時，在韓半島各地，手持太極旗的人們走上街頭高喊獨立。
　　最初這個運動與朝鮮的末代君王「高宗」有著密切關係。此運動原本要在預定舉辦高宗葬禮的 3 月 3 日進行，隨著日本毒殺高宗的傳聞傳開，人們的憤怒達到了極點。民族代表們試圖利用這一點，盡可能擴大獨立運動。然而，大家議論紛紛，認為在君王葬禮當天引起騷動不符禮節，故將行動日期改為 1 日。

單字

정오（正午）：正午、中午
되새기다：回味、再三思索
박탈（剝奪）당하다：被剝奪
지배（支配）하다：支配、主宰、統治

이만저만：一般、尋常
머리를 맞대다：聚在一起
구절（句節）：句子
극（極）에 달하다：達到極限、至極

神聖的國慶日三一節，不知不覺已超過百年 🔊25

현재 한국에서는 국경일로 지정되어 집집이 태극기를 게양하고 쉬는 날로 지정하고 있습니다 . 3·1 절의 기념은 100 년을 훌쩍 넘겼습니다 . 3·1 절 기념행사는 1919 년 4 월 11 일 대한민국 임시정부가 3·1 독립선언서 및 3·1 운동에 기초해 중화민국 상하이시에 망명 정부로 수립된 뒤 1920 년 '독립선언일'이라는 이름으로 국경일로 지정되어 기념되기 시작했지요 .

1 주년 3·1 절 행사에서는 축하식 , 시가행진 , 기념공연 등으로 성대하게 치러졌습니다 . 임시정부의 관영 매체였던 독립신문은 "아이들까지도 수일 전부터 이 신성한 국경일의 준비를 했다"며 "아주 명절 기분이 되었다"고 전했습니다 .

한반도에서 열린 최초의 3·1절 행사는 1946년 종로 보신각 앞에서 거행됐는 데요. 경축 행사, 음악회, 전시회, 예술공연, 체육대회도 실시됐습니다. 하지만 이듬해 행사는 정치적 마찰로 인해 동대문운동장（현 동대문역사문화공원 자리）과 남산에서 나누어 기념됐고, 급기야 유혈 충돌 사태가 발생했습니다.

3·1절 100주년을 맞은 2019년은 그 어느 때보다 규모가 컸습니다. 대형 태극 기가 곳곳에 내걸리고 행사에는 무려 만여 명이 참석했습니다. 정오에는 전국 에서 동시에 기념 타종식과 만세 행사를 비롯해 행진과 공연이 펼쳐졌습니다.

　　目前韓國將其指定為國慶日，是家家戶戶懸掛太極旗的國定假日。三一節的紀念轉眼間便已超過100年。三一節紀念活動是1919年4月11日，大韓民國臨時政府基於三一獨立宣言書及三一運動，在中華民國上海市成立流亡政府後，於1920年以「獨立宣言日」之名被指定為國慶日並開始慶祝。

　　三一節週年活動以慶祝儀式、街頭遊行、紀念公演等形式盛大舉行。曾為臨時政府官方媒體的《獨立新聞》表示「連小孩子也從數日前就開始為這個神聖的國慶日做準備」、「非常有節日的氣氛」。

　　首次於韓半島舉行的三一節活動，於1946年在鐘路普信閣前舉行，還舉辦了慶祝活動、音樂會、展覽、藝術表演和運動會。但隔年的活動由於政治摩擦，分別於東大門運動場（現東大門歷史文化公園所在地）和南山進行，最後爆發了流血衝突事件。

　　迎接三一節100週年的2019年，活動規模比過往任何時候都盛大，到處懸掛著巨大的太極旗，活動參與人數多達一萬多人。正午時，全國同時展開包括敲鐘紀念儀式和萬歲活動在內的遊行及演出。

單字

훌쩍：一下子	**실시（實施）되다**：進行、實施
망명（亡命）：流亡、逃亡	**급기야（及其也）**：最終、終究
행진（行進）：遊行	**유혈（流血）**：流血
관영（官營）：國營、官營	**내걸리다**：掛、懸掛

外國人也支持獨立運動 🔊 26

한국에 사는 많은 외국인들도 독립운동을 도왔습니다 . 일제의 폭압적 통치에 고통받던 한국의 비참한 처지를 공감한 것이지요 . 독립운동을 도운 외국인 중 유일하게 국립서울현충원 애국지사 묘역에 안장된 외국인이 있는데요 . 바로 캐나다 의료 선교사 프랭크 윌리엄 스코필드 (석호필) 박사입니다 .

1916 년 세브란스 의전 (현 연세대 의과대학) 교수로 부임한 석호필 박사는 한국에 있던 외국인 중 유일하게 3·1 운동 계획을 미리 알고 비밀리에 지원했지요 . '민족 대표 34 인'이라는 별칭도 얻었습니다 . 그는 3·1 운동 이후 일제가 보복 조치로 벌인 제암리·수촌리 학살을 알리고자 현장에 직접 찾아가 사진과 글로 남기고 3·1 운동을 전 세계에 알렸습니다 .

독립운동과 관련해 체포되어 구금된 사람만 4 만 7000 여 명에 달했는데요 . 하지만 신원이 확인돼 독립운동가로 인정받은 사람은 5070 여 명에 불과합니다 . 안타깝게도 나머지는 이름조차 남아있지 않은 것이 현실입니다 . 이는 중국 5·4 운동은 물론 인도 마하트마 간디의 비폭력 무저항 독립운동 등 세계에 큰 영향을 미쳤습니다 .

학자들은 3·1 운동에 대해 36 년간 항일독립운동사에서 처음으로 실현된 거족적 반제국주의 연합전선으로 '민주공화국'을 천명했다는 점에서 큰 의미가 있다고 봅니다 . 3·1 운동 이후 27 년간 발생한 크고 작은 항일운동에 정당성과 당위성을 부여했다는 점 역시 누구도 부인할 수 없는 사실입니다 .

　　許多住在韓國的外國人也助了獨立運動一臂之力，他們對韓國因日本帝國高壓統治而飽受痛苦的悲慘處境能感同身受。在協助獨立運動的外國人當中，只有一位安葬於國立首爾顯忠院愛國志士墓地的外籍人士，那就是加拿大醫療傳教士──弗蘭克・威廉・斯科菲爾德（石虎弼）博士。

　　1916 年出任世福蘭斯醫科大學（現延世大學醫學院）教授的石虎弼博士，是在韓外國人中唯一提前得知三一運動計畫並祕密支援的人，甚至獲得了「第 34 位民族代表」的稱號。他為了揭發三一運動後日本帝國以報復手段展開堤岩里、水村里大屠殺一事，親赴現場並留下照片和文字，讓全世界知道三一運動。

　　光是因涉及獨立運動而遭逮捕和監禁的人數就高達 4 萬 7000 多名，但有確認身分並被認定為獨立運動家的人僅有 5070 多名。遺憾的是，事實上其餘的人連名字都沒有留下。這對世界產生了很大的影響，包括中國的五四運動，以及印度聖雄甘地的非暴力、無抵抗獨立運動等。

　　對於三一運動，學者認為在闡明「民主共和國」這點上具有重大意義。它是 36 年間抗日獨立運動史上首次實現的全民族反帝國主義聯合陣線，它為三一運動後 27 年間發生的大小抗日運動賦予了正當性與義務性，這是任何人都不能否認的事實。

單字

애국지사（愛國志士）：愛國志士
묘역（墓域）：墓地、墓區
안장（安葬）되다：被安葬
비밀리（祕密裡）：祕密地、暗中

구금（拘禁）되다：遭監禁、被關押、被拘留
거족적（擧族的）：全民族
반제국주의（反帝國主義）：反帝國主義
천명（闡明）하다：闡明

Jan

Feb

Mar

Apr

May

Jun

Jul

Aug

Sep

Oct

Nov

Dec

國曆4月5日或6日 寒食節 한식

死於寒食或死於清明 🔊 27

설날 , 추석 , 단오와 함께 대표적인 명절로 꼽히는 한식은 24 절기 중 22 번째 절기 동지 (冬至) 로부터 105 일째 되는 날로 양력 4 월 5 일이나 6 일이 됩니다 . '오십보백보' 와 비슷한 말인 '한식에 죽으나 청명에 죽으나' 라는 속담이 있는데요 . 이는 근본적으로 한식과 청명이 다른 날로 하루 차이이거나 같은 날인 경우가 많아서 오늘날에는 크게 구분하지 않음을 의미합니다 .

한식은 이름에서 추측할 수 있듯이 불을 사용하지 않는 날로 찬 음식을 먹는 것이 특징입니다. 한식날에 찬 음식을 먹는 이유로 옛날 불을 새 불로 바꾸는 고대 개화（改火）의식에 있다고 보는 것이 일반적인데요. 나무를 비벼 행한 개화 의식은 생명력이 없는 오래된 불이 인간에게 나쁜 영향을 끼치기 때문에 이를 새 불로 바꿔 사용해야 한다고 생각한 데서 비롯됐습니다. 한식은 개화 의식이 진행되는 동안 밥을 지을 수 없기 때문에 찬밥을 먹게 된 것이 시초가 됐다고 알려져 있습니다.

한식은 씨를 뿌리거나 나무 심기에 적합한 날씨라 농사를 준비하는 시점으로 여겨지는데요. 이 시기는 비가 잘 내리지 않는데 한식날 비가 내리면 그해는 풍년이 든다는 말이 있습니다. 이날은 조상의 산소에 가서 준비한 술과 과일 등으로 제사를 지내고 벌초를 하기도 합니다. 한국에서 한식은 과거 법정 공휴일이었던 양력 4 월 5 일 식목일과 날짜가 비슷해서 같이 지내는 것이 일반적이었지만 2006 년부터 식목일이 공휴일에서 제외되면서 한식은 평일이 되어 그 의미가 많이 퇴색되었습니다.

與農曆新年、中秋節、端午節共同被譽為代表性節日的寒食節，是 24 節氣中的第 22 個節氣——冬至後的第 105 天，即國曆 4 月 5 日或 6 日。有一句與「五十步笑百步」相似的諺語，叫做「死於寒食或死於清明」，這意味著，基本上寒食節和清明節是不同日子，但通常只差一天或在同一天，所以今日不太會將兩者區分開來。

從名稱可以推測出寒食節是不用火的日子，吃冷食為其特徵。一般認為，寒食節吃冷食的原因，在於過去以新火替換舊火的古代改火儀式。鑽木進行的改火儀式，源於認為沒有生命力的舊火會對人類造成不良影響，因此必須替換成新火使用的想法。據悉，由於進行改火儀式的期間無法煮飯，只能吃冷飯，這便成了寒食節的開始。

因為寒食節的天氣適合播種或植樹，所以被視為準備農耕的時節。這個時期不常下雨，據說如果寒食節下雨的話，那一年就會大豐收。人們這天也會去祖先的墓地，用準備好的酒和水果等進行祭祀與掃墓。在韓國，寒食節因為和曾為法定假日的國曆 4 月 5 日植樹節日期相近，所以通常會一起過，但自從 2006 年植樹節被排除在法定假日外，寒食節因此變成平日，其意義便大幅減弱了。

單字

꼽히다：被評為、被譽為		**끼치다**：引起、產生	
절기（節氣）：節氣；時節		**시초（始初）**：開始、一開始	
구분（區分）하다：區分、劃分		**산소（山所）**：墳墓、墓地	
추측（推測）하다：推測		**벌초（伐草）**：掃墓、祭掃	

寒食節整修祖墳的習俗──改莎草

예로부터 효를 중시한 한국인들은 한식에 조상들을 찾아가 그들의 산소를 돌봤습니다. 한식 무렵 조상들의 산소를 돌보는 것을 개사초（改莎草）라고 부르는데요. 당나라 때부터 시작해 중국에서 소묘（掃墓）라고도 불리는 이 풍습은 한국의 신라시대 때 전해져 고려 시대를 거쳐 조선시대에 이르러 일종의 의례가 되었습니다. 그 기록은 고려 시대 때부터 시작되는데요.

여러 사료에 따르면, 고려 전기에는 한식이 중요한 명절의 하나로 자리 잡고 있었습니다. 고려 시대에 한식의 시기가 변했는데요. 고려 후기에는 현재처럼 동지 후 105일이 한식날이었지만 고려 전기에는 현재보다 약 7일 정도 빠른 양력 3월 30일 무렵이었다고 합니다. 이 명절은 조선시대에도 이어졌는데요. 세종 13년（1431）에는 한식 사흘간 불의 사용을 금지한다는 명령이 내려지기도 했습니다 . 조선 왕실에서는 종묘 제례를 지내고 종묘에서 제외된 왕족에 대해서도 성묘를 했습니다 . 민간에서도 조상을 찾아 성묘했습니다 .

이는 당시 사람들이 귀신이 꼼짝하지 않는 날로 생각해 무덤에 손을 대도 별일 없는 날로 여겼기 때문인데요 . 당시 사람들은 한식날에 산소를 단순히 깔끔하게 정리하는 것은 물론 산소에 잔디를 새로 입히거나 비석이나 상석을 다시 세우거나 이장을 했습니다 . 양력으로 세는 한식은 음력 2 월이나 3 월에 있을 수 있는데요 . 음력 2 월의 한식이 있으면 한 해가 좋고 따뜻하다고 여겼지만 , 음력 3 월의 한식이 있으면 그와 반대로 여겨 일부 지역에서는 산소에 잔디를 입히는 작업을 하지 않았다고 합니다 .

　　自古以來，重視孝道的韓國人都會在寒食節拜訪祖先，照料他們的墓地。在寒食節時修護祖先的墓地，稱為改莎草。始於唐朝，在中國又稱為掃墓的這種習俗，於韓國新羅時代傳入，經過高麗時代到朝鮮時代，已然成為一種儀式，其記載始於高麗時代。

　　根據各種史料，寒食節是高麗前期重要的節日之一，占有一席之地。寒食節的時間在高麗時代有所改變，高麗後期和現在一樣，以冬至後的第 105 天為寒食節，但高麗前期則比現在早了 7 天左右，約在國曆 3 月 30 日。這個節日也延續到了朝鮮時代，世宗 13 年（西元 1431 年），還下達了寒食節三日期間禁止用火的命令。朝鮮王室舉辦宗廟祭禮，還會對宗廟之外的王族進行掃墓，民間也會拜訪祖先並掃墓。

　　這是因為當時人們認為那一天是鬼魂不移動的日子，所以即使觸碰墳墓也不會有什麼事。當時，人們不僅會在寒食節簡單地清理墓地，還會為墓地鋪上新的草皮，或重新設立石碑、石供桌以及進行移葬。以國曆計算的寒食節可能落在農曆 2 月或 3 月。人們認為，如果寒食節落在農曆 2 月，一整年都會很順利、很暖和，但如果寒食節落在農曆 3 月則相反，所以部分地區不會進行為墓地鋪草皮的工作。

單字

돌보다：照顧、照料
무렵：時候、時分
이르다：到、至
의례（儀禮）：儀式；禮節

성묘（省墓）：掃墓、上墳
꼼짝하다：動彈、緩慢移動
잔디：草皮、草地
입히다：鋪、抹

因被火燒的忠臣，於寒食節遠離火源 🔊㉙

한식날에 불을 멀리하게 된 재미있는 이야기도 있습니다. 그 이야기는 중국 춘추 시대 때로 거슬러 올라가는데요. 진나라의 왕자 문공은 왕인 아버지가 죽자 여러 나라를 떠돌았습니다. 문공의 충신 개자추는 떠돌이 생활을 하던 문공의 배고픔을 달래 주기 위해 자기 허벅지 살을 베다 구워 먹였습니다.

이후, 왕이 된 문공은 그런 개자추를 새까맣게 잊어버리고는 개자추에게 아무런 벼슬을 내리지 않았습니다. 배신감을 느껴 분개한 개자추는 산으로 은둔해 세상과 인연을 끊어버립니다. 문공은 오랜 세월이 지나서야 개자추의 은혜를 몰랐다는 자기 잘못을 깨닫고는 산에 있는 개자추를 등용하고자 하였지만, 개자추는 이를 거부한 채 산에서 내려오지 않았습니다. 결국 문공은 개자추를 강제로 하산시키고자 산에 불을 질러버렸지요 . 어머니와 함께 있던 개자추는 끝내 산에서 나오지 않고 타 죽고 말았습니다 .

이 소식을 들은 문공은 마음 아파하며 매년 이날에 개자추의 충성심을 기리고자 불을 때지 말도록 명했습니다 . 그 뒤로는 한식날이 되면 충신 개자추의 넋을 기리고자 불을 지펴서 따뜻한 밥을 지어 먹는 대신 찬밥을 먹게 됐다고 합니다 .

　　關於在寒食節遠離火源，還有一個有趣的故事，該故事要追溯到中國春秋時代。晉國的王子文公在父王去世後，流亡於各國，而文公的忠臣介子推，為了替過著流亡生活的文公解饑，便割下自己的大腿肉烤熟給他吃。

　　後來，當上王的文公將那樣的介子推忘得一乾二淨，沒有賜予介子推任何官職。感到被背叛而忿忿不平的介子推就此隱居深山，與世隔絕。文公過了很久才意識到自己不知介子推恩惠的錯誤，想任用住在山上的介子推，但介子推拒絕，並且不肯下山。結果，文公為了迫使介子推下山，便放火燒山。與母親在一起的介子推始終沒有從山裡出來，就這樣被燒死了。

　　聽到這個消息的文公悲痛萬分，下令每年的這一天不得生火，以頌揚介子推的忠心。據說從此每逢寒食節，為了緬懷忠臣介子推的靈魂，人們便吃冷飯取代生火做熱飯吃。

單字	
떠돌다：流浪、漂泊	분개（憤慨／憤愾）하다：憤慨
달래다：排解、消解；哄、安慰	등용（登用／登庸）하다：錄用、任用
새까맣다：一乾二淨、全然；漆黑	기리다：緬懷、頌揚
벼슬：官、官職	넋：靈魂、魂

Jan

Feb

Mar

Apr

May

Jun

Jul

Aug

Sep

Oct

Nov

Dec

農曆5月5日

端午節

단오

在陽氣充沛的端午節，韓國人會做的事 🔊 30

　　'수릿날'이라고도 불리는 단오 (端午) 는 음력 5 월 5 일로 한국의 대표적인 명절 중의 하나입니다. 단오는 조선 중종 때 설, 추석과 함께 3 대 명절로 지정되기도 했습니다. 다만, 단오는 설날이나 추석과 같이 연휴로 지정되지 않은 까닭에 많은 사람들이 소홀히 지나가는 경우가 많습니다.

단오는 예로부터 한 해 중에서 양기가 가장 왕성한 날이라고 하여 '오월 단오 안에는 못 먹는 풀이 없다' 라는 속담이 있을 정도로 중요하게 여겨졌습니다 . 이 속담은 양기를 듬뿍 받고 자란 풀은 건강에 좋다는 의미로 오월 단옷날에는 어떤 풀을 먹어도 좋다는 뜻입니다 .

단오는 무더운 한여름을 앞둔 초여름에 맞이하는 명절인 만큼 여러 행사는 더위를 쫓고자 하는 신앙적인 관습이 많은데요 . 이날은 창포물에 머리감기 , 쑥과 익모초 뜯기 , 부적 만들어 붙이기 , 대추나무 시집보내기 , 단오 비녀 꽂기 등의 풍속과 함께 씨름과 그네뛰기 등 다채로운 민속놀이도 행해집니다 . 집단적 행사로는 '강릉 단오굿' 이 벌어지고 모내기를 막 마친 농민들은 풍년을 기원하는 제사도 지냅니다 .

단오 행사는 지역마다 그 규모가 달랐는데요 . 북부 지방이 추석을 더 중시한 남부지방보다 단오 행사가 더 성대했습니다 . 현재 가장 유명한 단오축제는 강원도 강릉단오제로 2005년 '유네스코 세계 인류 구전 및 무형유산 걸작' 으로 선정됐습니다 . 강릉단오제는 한국 전역에 1000 개가 넘는 단오제 중 가장 오래된 축제입니다 .

　　農曆 5 月 5 日的端午節又稱「戌衣日 / 水瀨日」，是韓國代表性節日之一。朝鮮中宗時，端午節與農曆新年、秋夕一起被指定為三大節日。然而，端午節並未如農曆新年或秋夕一樣被指定為連續假日，因此經常被許多人忽略。

　　自古以來，端午節就被認為是一年之中陽氣最旺盛的日子，甚至有一句諺語說「五月端午沒有不能吃的草」，可見其深受重視。這句諺語的意思是充分吸收陽氣成長的草有益健康，所以在五月端午時吃什麼草都好。

　　端午節是在炎熱的盛夏前迎接初夏的節日，因此很多活動是為了驅趕暑熱而進行的信仰習俗。這一天，除了用菖蒲水洗頭、採摘艾草和益母草、製作並張貼符咒、嫁棗樹、插端午簪等習俗外，還會進行摔跤和盪鞦韆等豐富多元的民俗遊戲。另會舉辦團體活動「江陵端午祭」，剛插完秧的農民也會舉行祈求豐收的祭祀。

　　端午節活動的規模因地區而異。比起較重視中秋節的南部地區，北部地區的端午節活動更加盛大。目前最有名的端午節慶典是江原道的江陵端午祭，它於 2005 年獲選為「聯合國教科文組織世界人類口述和非物質遺產代表作名錄」，江陵端午祭也是全韓國 1000 多個端午祭中最古老的慶典。

單字			
지정 (指定) 되다 : 被指定		다채 (多彩) 롭다 : 豐富多元、精彩	
까닭 : 緣故、緣由		모내기 : 插秧	
소홀 (疏忽) 히 : 疏忽地、大意地		성대 (盛大) 하다 : 盛大、隆重	
듬뿍 : 滿滿地；充分地		선정 (選定) 되다 : 被選定、獲選	

韓國的江陵端午祭與中國的端午節有何不同？ 🔊31

유네스코가 강릉단오제를 무형 문화유산으로 지정하자 중국 애국주의자들은 한국이 중국의 단오를 약탈해 갔다며 발끈했습니다 . 과연 그럴까요 ? 강릉단오 제는 중국 단오와 다릅니다 .

대만 등 중화권에서는 중국 초나라 회왕 때 시인 굴원〔屈原〕이 음력 5 월 5 일 멱라수〔汨羅水〕에 투신자살한 것을 추모하는 데서 단오가 시작된 것으로 알려졌지만 , 한국의 강릉 단오제는 신라 시대 김유신 장군 , 고승 범일국사 , 정 씨 처녀의 제사를 모시는 데서 유래했습니다 . 이들은 모두 역사 속에 등장하는 실존 인물로 강원도 대관령에서 각각 산신 , 국사성황신 , 국사여성황 등으로 불 립니다 .

그렇기 때문에 한국에서는 단오에 쭝쯔도 먹지 않고 , 용선〔龍船〕축제도 열 리지 않습니다 . 단오 전문가로 알려진 강릉대 국문과 장정룡 교수는 “한국의 단오제는 원래 순수 우리말인 '수릿날'로 불렸지만, 음력 5월 5일을 뜻하는 한자식 명칭으로 바꾸는 바람에 오해가 생겼다"고 했습니다. 수릿날은 쑥과 수리취로 떡을 만들어 먹는다고 해서 붙여진 이름입니다.

강릉단오제의 정확한 기원은 알 수 없지만 전문가들은 강릉의 단오제가 기원전 120년경부터 시작됐을 것으로 추정하고 있습니다. 한국 부족 국가의 제천행사와 축제에 관한 최초의 기록인 '삼국지 위지 동이전'에는 "동예에서 매년 10월 신께 제사하고 밤낮으로 술을 마시고 춤을 추는 무천이라는 행사가 있었다"고 쓰였습니다. 또 '고려사'에는 935년 강릉 출신 왕순식이 고려 초대 왕 왕건을 도와 신검을 토벌하러 가는 길에 대관령에서 산신께 제사를 지냈다는 기록도 있습니다.

　　聯合國教科文組織將江陵端午祭指定為無形文化遺產後，中國的愛國人士聲稱韓國搶走了中國的端午節，勃然大怒。真的是這樣嗎？江陵端午祭與中國端午節其實是不同的。
　　眾所周知，在台灣等大中華地區，端午節始於悼念中國楚懷王時期，於農曆5月5日投身汨羅江自盡的詩人屈原，但韓國的江陵端午祭則源自新羅時代供奉金庾信將軍、高僧梵日國師和鄭姓少女的祭祀。他們都是歷史中出現過的真實人物，在江原道大關嶺分別被稱為山神、國師城隍神和國師女城隍。
　　因此，韓國端午節不吃粽子，也不會舉辦龍舟賽。廣為人知的端午專家、江陵大學國文系張正龍教授表示：「韓國的端午節原本稱為『水瀨日』，是純韓語詞，由於改用意指農曆5月5日的漢字名稱才會產生誤解。」因為是用艾草和山牛蒡製作糕點食用，所以才稱為水瀨日。
　　雖然無從得知江陵端午祭的確切起源，但專家推測江陵的端午祭可能始於西元前120年左右。在關於韓國部落國家的祭天活動與慶典的最早紀錄——《三國志魏志東夷傳》中記載：「東濊每年10月有祭神並晝夜飲酒跳舞，名為舞天的活動。」另外，《高麗史》中也有紀錄顯示，935年江陵出身的王順式，在幫高麗初代君王王建討伐神劍的途中，於大關嶺祭拜了山神。

單字
약탈（掠奪）하다：掠奪、搶奪
발끈하다：勃然大怒
추모（追慕）하다：追悼、追思
모시다：供奉；伺候、照顧

실존（實存）：客觀存在
명칭（名稱）：名稱、稱呼
밤낮：晝夜、日夜
토벌（討伐）하다：討伐、征討

畫作：단오풍정（端午風情）
畫家：혜원 신윤복（申潤福：1758-19 世紀初）
收藏地：간송미술관（首爾澗松美術館）
繪製時間：推測為 1805 年後

女性歡度端午，被描繪於風俗畫中 🔊 ³²

단오는 여성의 명절로도 널리 알려져 있습니다. 단오에 여성들은 머리를 깨끗
이 하고 더위를 이겨낼 수 있다고 믿어 창포물에 머리도 감고 언덕에 올라가 그
네도 뛰며 단오를 즐겼습니다. 조선 시대 때만 해도 여성은 아무 때나 밖에 모여
서 목욕을 하고 머리를 감을 수는 없었지만, 단오 때만큼은 예외였던 것으로 보
입니다.

약 200 년 전 조선 대표 화가 신윤복이 그린 풍속도 '단오풍정'에서 이를 찾아볼 수 있는데요 . 오늘날까지 고스란히 보존되어 전해지고 있는 이 그림을 통해 과거 단오의 풍경을 상상해 볼 수 있습니다 . 국보 135 호로 지정된 이 그림에는 단오에 한양 (서울) 기녀 7 명이 계곡으로 나들이를 나와 우아한 자태로 명절을 즐기는 모습이 담겼습니다 .

그림 속 기녀 네 명은 저고리를 벗은 채 몸을 씻고 있고 나머지 세 명은 계곡 옆 언덕에서 그네를 타고 , 긴 댕기 머리를 만지는 등 단오의 여유를 만끽하고 있습니다 . 이들의 몸종인 한 노파는 이들이 먹고 마실 것을 머리에 이고 이들에게 다가갑니다 . 그림 왼쪽 바위 뒤에 숨은 동자승들이 몸을 씻는 기녀들을 몰래 훔쳐보면서 좋아하는 표정을 짓는 모습은 이 그림의 백미라고 할 수 있습니다 .

　　端午節也以女性的節日廣為人知。女性相信在端午節洗淨頭髮可以克服酷暑，所以會用菖蒲水洗頭，並爬到山坡上盪鞦韆，歡度端午節。儘管在朝鮮時代，女性不能隨意聚集在外面沐浴、洗頭，但看來端午節的時候是例外。

　　這個情景可以在約 200 年前，朝鮮代表畫家申潤福所繪的風俗畫「端午風情」中找到。透過這幅完整保存並流傳至今的圖畫，可以想像過去端午節的景象。在這幅被指定為國寶 135 號的畫作中，描繪了 7 名漢陽（首爾）妓生於端午節前往溪谷，以優雅的姿態歡度節日的面貌。

　　畫中有四名妓生脫下上衣在洗澡，其餘三人則在溪谷旁的山坡上盪鞦韆、撫摸長辮等，盡情享受端午節的悠閒時光。她們的僕人，一名老嫗頭上頂著她們要吃喝的東西走向她們。畫中左側，藏在石頭後面的童僧們，暗中偷窺在洗澡的妓生，露出歡喜表情的樣子，可以說是這幅畫的亮點。

單字			
언덕： 山坡、山丘；靠山		**나들이：** 出遊、郊遊、外出	
목욕（沐浴）： 沐浴、洗澡		**자태（姿態）：** 姿態、模樣	
고스란히： 原封不動地、完整地		**만끽（滿喫）하다：** 盡情享受	
계곡（溪谷）： 溪谷		**이다：** 頂（在頭上）	

Jan

Feb

Mar

Apr

May

Jun
●

Jul

Aug

Sep

Oct

Nov

Dec

현충일
顯忠日
國曆 6 月 6 日

不可遺忘的 625 戰爭 🔊 ³³

6·25 전쟁 (한국전쟁) 은 한국인에게 잊지 못할 비극이자 아픔입니다 . 한국에서는 6·25 전쟁에 참전한 용사를 추념하는 날이 있는데요 . 바로 6 월 6 일 현충일입니다 . 이 날은 절기상으로 망종에 해당하는데요 . 현충일 제정 당시 전쟁이 발발한 6 월 중에서 제사나 기우제를 지내는 날인 망종을 고르게 되었습니다 .

현충일은 1956 년 '현충 기념일' 로 지정된 뒤 , 1965 년부터 연례행사로 현충식을 거행하기 시작했지요 . 추념 대상은 제정 초기에는 6·25 전쟁 전몰장병 위주였다가 1965 년 국군묘지가 국립묘지로 승격되면서 그 대상은 베트남 전쟁 전사자 및 항일 운동을 한 순국선열로 확대됐습니다 . 사실상 모든 전쟁과 전투에 참가한 한국인이 그 대상인 것이지요 . 그러하다 보니 이날은 한국의 중요한 기념일이자 법정공휴일로 인식되었습니다 .

현충일 추념 행사는 전국 각지에서 거행되면서 나라를 위해 목숨을 바친 사람들의 넋을 기립니다 . 이날은 관공서를 비롯해 각 가정은 애도의 뜻을 표하기 위해 건물 밖에 조기를 게양합니다 . 특이한 점은 이날 오전 10 시부터 1 분간 묵념을 한다는 것입니다 . 이날 10 시가 되면 묵념을 하라는 사이렌이 1 분 동안 울립니다 . 한국 사람들은 사이렌이 울리면 하던 일을 멈추고 묵념을 하는 것이 일반적입니다 . 대통령은 이날 국립현충원을 참배해 추념사를 하고 추념식 참가자들은 현충일 노래도 제창합니다 .

625 戰爭（韓戰）是韓國人無法忘記的悲劇和傷痛。在韓國，有追思 625 戰爭參戰勇士的節日，那就是 6 月 6 日顯忠日，這一天在節氣上屬於芒種。制定顯忠日時，從戰爭爆發的 6 月當中，選擇了舉行祭祀或祈雨儀式的芒種。

顯忠日自 1956 年被指定為「顯忠紀念日」後，從 1965 年開始每年例行舉辦顯忠式。追思對象在制定初期以 625 戰爭陣亡軍人為主，隨著 1965 年國軍墓地升格為國立墓地，其對象便擴大至越南戰爭戰死者及進行抗日運動的殉國先烈。實際上，所有參加戰爭和戰鬥的韓國人都為其對象，因此這一天被認定為韓國重要的紀念日和法定假日。

顯忠日追思活動在全國各地舉行，以紀念那些為國家奉獻生命者的靈魂。這一天，包括政府機關在內，家家戶戶都會在建築物外降半旗以示哀悼。特別的是，這天上午 10 點開始，會進行 1 分鐘的默哀，一到這一天的 10 點，示意默哀的警笛就會鳴響 1 分鐘。當警笛響起時，韓國人普遍會停下手邊的事情，進行默哀。總統會在這一天參拜國立顯忠院並致追悼詞，參加追思儀式者還會齊唱顯忠日歌曲。

單字

발발 （勃發） 하다：爆發

연례행사 （年例行事）：年度例行活動

거행 （擧行） 하다：執行、辦理；舉行、舉辦

승격 （昇格） 되다：升格、升級

인식 （認識） 되다：被認識、被識別

바치다：奉上、獻上；繳納

기리다：緬懷、紀念、頌揚

게양 （揭揚） 하다：升、掛

遲到的默哀警笛⋯⋯為什麼？ 🔊34

현충일을 앞두고 한국 정부는 현충일 묵념을 알리는 사이렌이 울릴 것이라고 국민들에게 알립니다 . 정부가 묵념 사이렌을 사전 예고하는 것은 사이렌이 민방공 경보 사이렌으로 오인되기 때문인데요 . 이를 사전에 알고 있는 국민들은 이날 10 시가 다가오면 하던 일을 멈추고 묵념할 준비를 합니다 . 하지만 , 정부의 사전 공지와는 다르게 묵념 사이렌이 늦게 울려 사람들이 의아해했던 적도 있었습니다 .

지난 2017 년 현충일 서울에서는 묵념 사이렌이 4 분이나 늦게 울렸습니다 . 서울시청 앞 광장 , 광화문 등에 있던 시민들은 이날 묵념을 위해 발길을 멈췄는데 10 시가 되어도 사이렌은 울리지 않았습니다 . 약 2 분가량 기다리던 시민들은 "사이렌이 안 들리는 것 같다" 며 다시 가던 길을 재촉했는데요 . 10 시 4 분이 되자 갑자기 사이렌이 울렸습니다 .

4 분이 늦어진 묵념 시간에 사람들은 궁금해했습니다 . 그러자 묵념 사이렌 관할 부처 서울민방위경보통제소는 묵념 사이렌이 울리는 시간은 추념식에서 사회자가 "묵념" 이라고 말하는 시점이라고 설명했습니다 . 일부 언론은 당시 행사가 10 시 정각에 시작됐고 , 식순에 따라 '국기에 대한 경례', '애국가 제창' 후 '호국영령에 대한 묵념' 이 시간이 10 시 4 분이었다고 설명했습니다 .

顯忠日前夕，韓國政府會通知國民將響起宣告顯忠日默哀的警笛。政府之所以提前預告默哀警笛一事，是因為默哀警笛可能被誤認為防空警報的警笛。事前得知此事的國民，會在當天臨近 10 點時停下手邊的事情，準備默哀。然而，也曾發生過與政府的事前公告不同，默哀警鈴遲一步響起，讓人們感到訝異的事件。

2017 年的顯忠日，首爾的默哀警笛遲了 4 分鐘才響起。在首爾市政府前廣場、光化門等地的市民們，當天為了默哀而停下腳步，然而到了 10 點警笛也沒有響起。等了 2 分鐘左右的市民們心想「好像沒聽到警笛聲」，就加快腳步繼續走自己的路了。到了 10 點 4 分時，警笛聲卻突然響起。

人們對於延後 4 分鐘的默哀時間感到好奇。於是，默哀警笛的管轄部門首爾民防警報控制中心說明，默哀警笛鳴響的時間是司儀在追思儀式上說出「默哀」的時候。部分媒體解釋，當時活動於 10 點整開始，依照儀式順序，在「向國旗敬禮」、「齊唱國歌」後，「向護國英靈默哀」的時間是 10 點 4 分。

單字		
묵념（默念）：默想、沉思、默哀		재촉하다：催促、催迫
사이렌（siren）：警笛、警報器		부처（部處）：部門、處
오인（誤認）되다：被誤認、被認錯		사회자（司會者）：主持人、司儀
의아（疑訝）하다：可疑、詫異		시점（時點）：時候、當時

현충일　顯忠日

北韓於顯忠日前一天以飛彈挑釁⋯⋯各時代不同的追悼詞

북한은 지난 2022 년 현충일을 하루 앞두고 미사일 도발을 했습니다 . 이날 북한은 평양 등 4 곳에서 탄도미사일 8 발을 쐈는데요 . 이들 비행거리는 약 110~670 km, 고도 약 25~90km, 속도는 마하 3~6 등으로 탐지됐습니다 . 윤석열 대통령 취임 이후 처음 맞는 현충일 전날에 이런 일이 벌어진 것이었지요 .

한국 합동참모본부는 6 일 오전 4 시 45 분부터 약 10 분간 전날 북한의 미사일 발사에 대응해 한·미 연합으로 지대지미사일 8 발을 대응 사격했습니다 . 이날 현충일 추념식에 자리한 대통령은 추념사에서 북한의 미사일 발사를 규탄하면서 "북한의 어떠한 도발에도 단호하고 엄정하게 대처할 것" 이라고 밝혔습니다 .

國曆 6 月 6 日

현충일의 대통령 추념사 내용은 시대와 정세에 따라 다른 양상을 보이는 것이 특징인데요 . 1960 년대에는 반공정신을 , 1970 년대에는 자주국방을 강조했습니다 . 현재 북한의 계속되는 미사일 도발로 한반도 긴장이 고조된 가운데 윤 대통령도 북한을 대놓고 겨냥했습니다 . 하지만 문재인 대통령은 북한과의 갈등보다는 애국 자체의 본질을 강조했습니다 . 그는 임기 마지막 해인 2021 년 추념사에서 "애국은 우리 모두의 정신이 됐고 , 공동체를 위한 실천으로 확장되고 있다"며 "이웃을 구하기 위해 앞장서고 공동선을 위해 스스로 희생하는 것이 애국"이라고 말했지요 .

　　北韓在 2022 年顯忠日前一天進行了飛彈挑釁。這一天，北韓在平壤等 4 個地方發射了 8 枚彈道飛彈。根據探測，這些飛彈的飛行距離約 110 ～ 670 公里，高度約 25 ～ 90 公里，速度為 3 ～ 6 馬赫。這起事件發生於尹錫悅總統就任後的第一個顯忠日前一天。

　　韓國聯合參謀本部自 6 日上午 4 點 45 分起約 10 分鐘，以韓美聯合形式發射了 8 枚地對地飛彈，應對北韓前一天的飛彈發射。當天，出席顯忠日追思儀式的總統在追悼詞中譴責北韓發射飛彈之舉，並表示「對於北韓的任何挑釁都將堅決、嚴正地應對」。

　　顯忠日的總統追悼詞內容，以根據時代與局勢呈現不同面貌為特徵。1960 年代強調反共精神，1970 年代強調國防自主。如今，由於北韓持續的飛彈挑釁，在韓半島緊張情勢升高的情況下，尹總統也將矛頭直指北韓。然而，文在寅總統比起與北韓的衝突，更強調愛國的本質。他在任期最後一年，即 2021 年的追悼詞中表示「愛國已然成為我們所有人的精神，並且正擴大為社會實踐」、「帶頭救鄰，為公益而犧牲自我就是愛國」。

單字

미사일（missile）：導彈、飛彈
도발（挑發）：挑釁
탐지（探知）되다：被探測、被打探
규탄（糾彈）하다：譴責、聲討

단호（斷乎）하다：堅決、斷然
양상（樣相）：樣子、形式、局面
고조（高調）되다：高昂、高漲；被調高
겨냥하다：瞄、瞄準；針對

Jan

Feb

Mar

Apr

May

Jun

Jul
●

Aug

Sep

Oct

Nov

Dec

國曆7月17日
制憲節 제헌절
7 JULY

制憲節與朝鮮建國日有關？ 🔊 36

제헌절은 7 월 17 일로 자유민주주의를 기본이념으로 한 대한민국 헌법의 제정을 축하하는 국경일입니다 . 제헌절이 7 월 17 일인 이유는 한국의 헌법이 만들어진 날이 1948 년 7 월 17 일이기 때문인데요 . 이듬해인 1949 년 10 월 '국경일에 관한 법률' 에 의해 국경일로 지정됐습니다 . 한국의 헌법 제정은 일제 식민지에서 독립된 국가로 기틀을 마련했다는 데에 큰 의미가 있다고 할 수 있는데요 .

제헌절이 7 월 17 일인 것과 관련해 정부가 의도적으로 조선의 건국일에 맞춘 것이라는 설이 있습니다 . 조선 시대 사료 < 태조실록 > 에는 1392 년 7 월 17 일 이성계가 조선 왕조의 첫 임금이 된 이야기가 실려 있습니다 . 1948 년 5 월 10 일 혼란스러운 정국 속에 치러진 총선거에 의해 선출된 198 명으로 구성된 제헌국회는 서둘러 헌법 제정 업무에 착수했는데요 . 바이마르 헌법 등을 모방해 만든 헌법이 7 월 12 일 국회를 통과해 닷새만인 7 월 17 일 당시 국회의장이었던 이승만 전 대통령에 의해 공포됐습니다 .

광복 후 남북으로 갈린 상황에서 조선왕조의 정신을 계승한다는 것은 아주 중요했지요 . 그랬기에 국회 통과 직후 서둘러 17 일에 공포했다는 것입니다 . 하지만 태조실록에 기록된 7 월 17 일은 '음력' 으로 적힌 날짜인데요 . 이를 양력으로 환산하면 그해 8 월 5 일에 해당합니다 . 이러한 이유로 대한민국역사박물관은 제헌절 날짜는 조선 건국과 관련이 없다고 선을 그었습니다 .

制憲節為 7 月 17 日，是慶祝以自由民主主義為基本理念的大韓民國憲法制定的國慶日。制憲節之所以定在 7 月 17 日，是因為韓國的憲法制定日為 1948 年 7 月 17 日。次年，即 1949 年 10 月，根據「國慶日相關法律」將其定為國慶日。韓國的憲法制定奠定了脫離日本帝國殖民地，成為獨立國家的基礎，可以說具有重大意義。

關於制憲節為 7 月 17 日，有一種說法是政府故意配合朝鮮建國日。朝鮮時代的史料《太祖實錄》中，記載了 1392 年 7 月 17 日李成桂成為朝鮮王朝首位君王的事。1948 年 5 月 10 日，在混亂政局下舉行的國會選舉中選出的 198 名議員組成的制憲國會，匆忙地著手進行憲法制定工作。模仿威瑪憲法等制定的憲法於 7 月 12 日經國會通過，並於五天後的 7 月 17 日由時任國會議長的李承晚前總統頒布。

光復後，在南北分裂的情況下，繼承朝鮮王朝的精神非常重要，因此才會在國會通過之後，匆忙於 17 日公布。然而，《太祖實錄》中記載的 7 月 17 日是以「農曆」表示的日期，如果將其換算成國曆，對應的是當年的 8 月 5 日。基於這個理由，大韓民國歷史博物館表示制憲節的日期與朝鮮建國無關，劃清了界線。

單字		
이듬해 : 第二年	서두르다 : 著急、操之過急；加緊、加快
기틀 : 基礎、框架、骨架	닷새 : 五天；每個月五號
실리다 : 被刊載、被登載	공포（公布）되다 : 被公布、被頒布
선출（選出）되다 : 被選出、被推選	환산（換算）하다 : 換算

17

제헌절

國慶日中唯一的非公休日 🔊 37

제헌절은 국경일 중에서 유일하게 공휴일이 아닙니다. 국경일은 국가의 경사스러운 날인 만큼 큰 행사가 열리고 공휴일로 지정돼 기념하는 것이 대부분이지만 제헌절만큼은 공휴일에서 배제됐습니다. 하지만 과거에는 제헌절은 다른 국경일처럼 공휴일이었습니다. 1950년부터 공휴일로 지정된 제헌절은 2007년까지 계속됐지만 2008년부터는 공휴일이 폐지됐습니다. 2013년 한글날이 공휴일로 지정되면서 제헌절은 10년 넘도록 유일하게 공휴일 없는 국경일이 되었습니다.

공휴일이 폐지된 배경에는 한국의 근로 시간 단축 제도가 주요 원인이라고 할 수 있는데요. 2003년 9월부터 실시된 '주 5일 근무제도'로 인해 휴일이 늘어나자 쉬는 날이 너무 많다는 의견이 분분했습니다. 기업들도 근로 시간 감축으로 인해 생산성 감소와 인건비 부담 문제가 발생했다며 불만을 터뜨렸지요 . 그러자 정부는 고심 끝에 일부 공휴일을 폐지하기로 했습니다 . 거기에 제헌절이 포함된 것입니다 .

하지만 제헌절은 한국의 헌법을 공포한 날인 만큼 다시 공휴일이 될 가능성도 있는데요 . 공휴일이 아닌 제헌절은 해가 거듭될수록 잊히고 있기 때문입니다 . 7 월 17 일이 무슨 날인지 모르는 사람도 늘어나고 태극기를 게양하는 가정도 감소했습니다 . 그러자 일각에서는 제헌절을 공휴일로 재지정하자는 주장이 고개를 들고 있습니다 . 국회에서는 2021 년 법률 개정안이 발의됐다가 폐기됐고 , 2023 년 국회에서는 관련 법 개정안이 재발의됐습니다 .

　　制憲節是國慶日中唯一的非公休日。國慶日是國家值得慶祝的日子，所以大部分會舉辦大型活動或被定為公休日來紀念，但制憲節卻被排除在公休日之外。然而，從前制憲節與其他國慶日一樣是公休日。制憲節自 1950 年被指定為公休日，一直延續至 2007 年，卻於 2008 年起被取消公休日。隨著 2013 年韓文節被指定為公休日，制憲節便成為 10 多年來唯一不是公休日的國慶日。

　　關於取消公休日的背景，韓國的縮短工時制度可以說是主要原因。由於自 2003 年 9 月開始實施的「每週五天工作制」，假日增加，人們議論紛紛，認為休息的天數過多，企業也爆發不滿，表示因工時縮短，出現了生產力下降和人工成本負擔問題。於是，政府經過深思熟慮，決定廢止一部分公休日，其中就包括制憲節。

　　不過，制憲節是頒布韓國憲法的日子，有可能再次成為公休日，因為非公休日的制憲節逐年被遺忘，越來越多人不知道 7 月 17 日是什麼日子，懸掛太極旗的家庭也變少了。於是，部分人士呼籲將制憲節重新指定為公休日的主張正在抬頭。國會於 2021 年提出法律修正案後被廢除，2023 年國會再次提出了相關法律修正案。

單字			
경사 （慶事） 스럽다 : 喜慶、可喜可賀		분분 （紛紛） 하다 : 議論紛紛、混亂	
배제 （排除） 되다 : 被排除、被排斥		터뜨리다 : 爆發、傾瀉	
폐지 （廢止） 되다 : 被廢止、被取消		거듭되다 : 一再、接二連三	
근로 （勤勞） : 工作、勞動		발의 （發議） : 提議、提案	

열사의죽음

經過 9 次修憲後完成民主化 🔊 38

1948 년 7 월 17 일 제헌국회에서 공포된 제헌헌법은 전문 (前文) , 10 장 , 전체 103 개 조로 이루어졌습니다 . 전문에서는 일제 강점기의 3·1 운동으로 대한민국을 건립했다고 명시해 대한민국의 헌법 제정이 3·1 운동의 정신에 근거했다는 점을 강조했습니다 . 제헌헌법에서는 국호를 대한민국으로 칭하고 , 민주공화국임을 천명함과 동시에 국민의 기본권을 정의했습니다 . 이렇듯 모든 법의 기초가 되는 헌법은 국민의 자유와 행복을 보장하기 위해 만든 법이라는 것을 알 수 있지요 .

법에 가장 기본이 되는 헌법이 변하면 그 하위의 법들도 다 같이 변해야 하므로 쉽게 바꿀 수 있는 것이 아닙니다 . 하지만 시대가 변하면서 법도 바뀌었습니다 . 헌법을 바꾸는 것을 '개헌' 이라고 하는데요 . 1952 년 첫 개헌을 시작으로

1987 년까지 모두 9 차례의 개헌이 있었습니다 . 특히 9 번째 개헌은 대한민국 민주화와 깊은 관련이 있습니다 .

한국 국민들은 제 5 공화국을 거치면서 독재 정치로 인해 민주화에 대한 열망이 커졌습니다 . 이러한 열망은 1987 년 6 월 민주화 항쟁에서 폭발했습니다 . 많은 이들은 대통령 선출 시 간선제가 아닌 직선제를 실시하는 개헌을 요구하였습니다 . 당시 민주정의당 대표였던 노태우 전 대통령은 대통령 직선제 개헌을 통한 평화적인 정권 이양 , 정치범의 전면적 사면과 복권 , 언론의 자유 보장을 위한 제도의 개선 등 8 개 항을 발표하면서 개헌에 가속이 붙었습니다 . 이어 1987 년 9 월 기본권이 대폭 강화된 헌법 개정안이 발의되어 10 월 27 일 국민투표에 의 해 확정된 뒤 29 일 공포됐습니다 . 이는 이전 헌법에 비해 대통령 권한이 축소되 고 국회의 지위가 강화된 것입니다 .

　　1948 年 7 月 17 日制憲國會公布的制憲憲法，是由序言及 10 個章節，共 130 條組成。序言中明確指出，透過日帝強佔期的三一運動建立大韓民國，並強調大韓民國的憲法制定乃基於三一運動的精神。在制憲憲法中，稱國號為大韓民國，並在闡明為民主共和國的同時，定義了國民的基本權利。由此可知，作為所有法律基礎的憲法，是為保障國民自由和幸福而制定的法律。

　　作為法律根基的憲法若是更動，在其下位的法律也必須一起變動，所以不是能輕易改變的。但隨著時代變遷，法律也產生了變化。修改憲法稱為「修憲」，從 1952 年第一次修憲開始，到 1987 年共經歷了 9 次修憲，而特別是第 9 次修憲，與大韓民國民主化有著深刻關聯。

　　經過第五共和國的獨裁政治後，韓國國民對於民主化的渴望日益高漲，這種渴望在 1987 年 6 月的民主化抗爭中爆發。許多人要求修憲，希望選出總統時實行直接選舉制，而非間接選舉制。時任民主正義黨代表的盧泰愚前總統，發表了透過總統直選制修憲、和平移交政權、政治犯的全面赦免及復權、保障言論自由的改善制度等八項內容，加快了修憲的腳步。接著，1987 年 9 月提出大幅強化基本權的憲法修正案，10 月 27 日經公民投票確定後，於 29 日公布。與之前的憲法相比，總統權限遭到縮減，國會的地位則得到強化。

單字		
건립 (建立) 하다 : 建立、成立	열망 (熱望) : 熱切盼望、渴望
명시 (明示) 하다 : 明示、標明	이양 (移讓) : 轉讓、移交
제정 (制定) : 制定	권한 (權限) : 權限、權責
거치다 : 經過、經歷	축소 (縮小) 되다 : 被縮小、被縮減

Jan

Feb

Mar

Apr

May

Jun

Jul

Aug

Sep

Oct

Nov

Dec

칠석
七夕
農曆 7 月 7 日

牽牛、織女以及七夕 🔊 39

대만을 비롯한 중화권에서 널리 보내는 정인절이 한국에도 있습니다 . 한국에서는 정인절 대신 칠석이라고 부르는데요 . 이는 음력 7 월 7 일을 말합니다 . 칠석은 양수인 홀수 7 이 겹치는 날로 길일로 여겨집니다 . 한국에서는 흔히들 설화 속에 등장하는 커플 견우와 직녀가 매년 칠석에 까마귀와 까치들이 만든 오작교에서 만난다고 알려져 있습니다 . 오작교는 한국 전통 작품 춘향전에서 주인공 춘향이와 이 도령이 영원한 사랑을 약속한 광한루의 다리 이름이기도 합니다.

이러한 사랑 이야기는 별자리가 그 기원으로 추정됩니다. 음력 7월이 되면 맑은 날이 계속되면서 밤하늘의 별도 쉽게 볼 수 있는데요. 이 무렵 은하수를 중심으로 서쪽의 견우성과 동쪽의 직녀성이 마치 서로를 그리워하다 만나는 것처럼 보인다고 해서 견우와 직녀의 이야기가 탄생했다는 설이 있습니다. 견우성은 독수리자리의 알테어, 직녀성은 거문고자리의 베가로도 불립니다. 별자리는 옛 농경사회에 영향을 미친 것으로 알려져 있지요.

견우 (牽牛) 는 '소를 끌며 농사짓는 목동' 이고 옥황상제의 딸인 직녀 (織女) 는 '베를 짜는 여자' 라는 뜻입니다. 직녀는 견우를 보고 자기 남자라고 여겨 아버지 옥황상제의 허락을 받고 결혼했지만 두 사람은 너무 사랑한 나머지 할 일을 미루고 게을러졌지요. 그러자 이를 보고 화가 잔뜩 난 옥황상제는 두 사람을 강제로 떼어버리고 칠석날에만 만나게 했습니다. 이날은 까마귀와 까치가 오작교를 만들어 주는데 둘은 오작교를 통해 1년 만에 모처럼 행복한 시간을 보낸다는 겁니다.

　　包含台灣在內的大中華地區廣泛慶祝的情人節，也存在於韓國。在韓國，人們稱之為七夕而非情人節，指的是農曆 7 月 7 日。七夕是屬陽數的奇數 7 重疊的日子，因此被視為吉日。在韓國眾所周知，經常出現在傳說故事中的情侶牽牛與織女，每年七夕都會在由烏鴉和喜鵲組成的烏鵲橋上相會。烏鵲橋也是韓國傳統作品《春香傳》中，主角春香與李公子許下永恆愛情的廣寒樓的橋樑名稱。

　　據推測，這個愛情故事起源於星座。每到農曆 7 月，夜空中的星星隨著連續的晴天而變得清晰可見。有一種說法認為，此時以銀河為中心，西方的牽牛星與東方的織女星看起來猶如思念彼此而相會，牽牛與織女的故事便從而誕生。牽牛星又稱為天鷹座的河鼓二（Altair），織女星則又稱為天琴座的織女一（Vega）。眾所周知，星座影響了古代農耕社會。

　　牽牛意指「牽著牛耕作的牧童」，玉皇大帝的女兒織女則意指「織布的女人」。織女見到牽牛後，認定他是自己的男人，便取得父親玉皇大帝的許可後結婚。但兩人太過相愛，導致拖延該做的工作並變得懶散。玉皇大帝見狀非常生氣，強行將兩人拆散，只允許他們在七夕這一天見面。這一天，烏鴉和喜鵲會架起烏鵲橋，讓兩人透過烏鵲橋度過時隔一年難得的幸福時光。

單字			
겹치다：重疊、重合		**무렵**：時候、時分	
흔히：時常、常常		**게으르다**：懶、懶惰	
다리：橋、橋梁		**잔뜩**：非常；使勁地；滿滿地	
기원（起源／起原）：起源		**떼다**：斷絕；摘下	

韓國的七夕不是戀人的節日 🔊40

중국 , 대만 , 베트남에서는 칠석날을 정인절이라 하여 연인을 위한 날로 여기면서 서양의 밸런타인데이와 비교하기도 합니다 . 그러나 한국에서는 칠석과 밸런타인데이는 별개로 여기면서 정인절과는 다른 경향이 있는데요 . 그 이유로는 칠석날 옛날 한국 사람들은 직녀에게 음식을 바치고 가정의 평안을 빌었기 때문입니다 .

이날 밀전병이나 호박전 등을 부쳐 먹었고 , 가지 , 고추 같은 햇것으로 제사를 지내고 나물을 무쳐서 햇곡식을 맛보는 등의 풍습이 있습니다 . 일부 가정에서는 무당을 찾아가 칠석맞이 굿을 하거나 작물의 풍작을 위해 밭에서 제사를 드렸습니다 . 이날에는 또 바느질 대회가 열리는가 하면 , 새끼 꼬기 등의 놀이도 행해졌습니다 . 이러한 놀이는 직물과 관계가 있는 직녀를 추앙하는 것으로 여자들이 바느질 잘하기를 비는 걸교 (乞巧) 라는 풍속에서 비롯되었습니다 .

칠석에 내리는 비를 칠석우라고 하여 견우와 직녀가 모처럼 재회해서 흘리는 기쁨의 눈물이고 그다음 날 내리는 비를 이별의 눈물이라고 여겼습니다 . 일부는 산간 계곡의 약수터나 폭포를 찾아 목욕도 했습니다 . 이날 비가 오지 않으면 옷이나 책을 햇볕에 말렸습니다 . '폭의 (曝衣) ' 또는 '폭서 (曝書) ' 라고 하는 이러한 풍습은 곧 다가올 장마철의 습기에 대비하고자 함이었지요 .

在中國、台灣和越南，七夕被稱為情人節並被當作是戀人的節日，也會拿來與西洋的情人節比較。但是韓國認為七夕和西洋情人節是兩回事，具有與情人節不同的色彩。原因是過去在七夕這一天，韓國人會供奉食物給織女並祈求家庭平安。

這一天，人們會煎小麥煎餅或南瓜餅吃，還有用茄子、辣椒等當年出產的作物進行祭祀，以及涼拌野菜、品嘗當年新穀等習俗。有些家庭會去找巫女跳大神迎七夕，或是在田間祭祀以求作物豐收。這一天還會舉辦針線比賽，並進行搓草繩等遊戲。這種遊戲是對與紡織品有關的織女之推崇，源自女子祈求擅長針線活的乞巧風俗。

七夕下的雨稱為七夕雨，人們認為那是牽牛和織女因久別重逢而流下的喜悅淚水，而第二天下的雨則是離別的眼淚。有些人還會去山間溪谷的泉水或瀑布沐浴。如果這一天沒有下雨，人們會將衣服或書本放在陽光下曝曬，這種習俗被稱為「曝衣」和「曝書」，旨在為即將到來的潮濕雨季做好準備。

單字

별개 (別個) ：兩回事、兩碼子事

바치다 ：奉上、獻上

무치다 ：拌、涼拌

햇곡식 (－穀食) ：當年新收穫的糧食

굿 ：巫術、跳大神

풍작 (豐作) ：豐收、豐產

바느질 ：針線活

재회 (再會) 하다 ：重逢、再會

從高句麗延續至朝鮮時代的七夕風俗 🔊 41

오늘날 한국의 칠석은 먼 옛날에 비해서 상당히 퇴색되면서 잊히고 있는 것이 사실입니다 . 하지만 먼 옛날 한국에서 중시된 칠석날 풍습과 그 설화는 여전히 한국 민족 정서에 지대한 영향을 미친 것으로 평가됩니다 . 견우와 직녀 설화는 언제부터 생겼는지 정확히 알 수 없지만 중국 위진남북조 시대 때 쓰인 형초세 시기 (荊楚歲時記) 에 나타나 있습니다 .

한국의 경우 삼국시대 때 흥한 고구려의 고분벽화 (古墳壁畫) 에 은하수를 사이에 두고 견우와 개와 함께 있는 직녀의 모습이 그려진 것이 발견됐습니다 . 이로 짐작건대 , 한국은 고대 중국의 영향을 받은 것으로 추정됩니다 . 고려 시대에는 공민왕이 몽골인 왕후와 함께 견우와 직녀에게 제사를 지냈다는 기록도 있습니다 .

조선 시대에 들어서 칠석은 절정기를 맞이하는데요 . 특히 궁궐에서는 잔치도 벌이는
가 하면 성균관에 재학하는 유생들을 대상으로 오늘날 국가고시에 해당하는 과거 시
험 '칠석제' 를 실시했습니다 . 효종실록 (孝宗實錄) 에는 효종이 입직 관원들에게
도 칠석을 주제로 한 시를 지으라 명했다는 기록이 있습니다 . 그뿐만 아니라 , 칠석의
풍속도 다양해졌는데요 . 역사서 동국세시기 (東國歲時記) 에는 오늘날 초등학교쯤
에 해당하는 서당에서 학생들에게 견우와 직녀를 주제로 하여 시를 짓게 했다는 기록
도 있습니다 .

　　如今韓國的七夕與遙遠的過去相比，確實已大幅褪色並且正逐漸被遺忘。然而，很久以前
在韓國受到重視的七夕風俗及其傳說，依然被認為對韓國的民族情感產生深遠的影響。儘管牽
牛和織女的故事具體起源於何時已無從得知，但它有出現在中國魏晉南北朝時期所寫的《荊楚
歲時記》中。

　　以韓國來說，在三國時代盛行的高句麗古墳壁畫中，發現了畫有織女隔著銀河，與牽牛和
狗在一起的景象。據此可以推測，韓國受到了古代中國的影響。在高麗時代，還有恭愍王與蒙
古人王后一起祭拜牽牛和織女的記載。

　　進入朝鮮時代，七夕迎向了鼎盛期。尤其是宮廷會舉行宴會，還會以成均館在學儒生為對
象，進行相當於今日國家考試的科舉考試「七夕制」。在《孝宗實錄》中，也有孝宗命令入職
官員以七夕為題賦詩一首的記載。不僅如此，七夕的風俗也變得更加多樣化。在史書《東國歲
時記》中，也有在相當於今日小學的書堂裡，要求學生以牽牛和織女為題作詩的紀錄。

單字

퇴색 （退色／褪色） 되다：褪色、消退
설화 （說話）：預言、傳說、民間故事
지대 （至大） 하다：極大、無與倫比
정서 （情緒）：情緒、情感

절정기 （絕頂期）：鼎盛期、全盛時期
해당 （該當） 하다：屬於、對應
입직 （入職）：入職
짓다：編（曲）、寫（詩、小說、信等）

Jan

Feb

Mar

Apr

May

Jun

Jul

Aug

Sep

Oct

Nov

Dec

百中節
백중날
農曆 7 月 15 日

百中節＝中元節？ 🔊 42

한국의 백중날은 음력 7 월 15 일로 대만의 중원절과 같은 날입니다 . 한국에서는 백중날을 중원 (中元) , 망혼일 (亡魂日) , 우란분절 (盂蘭盆節) 이라고도 하는데요 . 보통 사람들은 백중날을 명절로 생각해서 남녀가 모여 음식을 장만해 춤추고 노래하고 함께 즐겼습니다 .

백종（百種）은 백 가지 곡식의 씨앗이라는 의미를 지녔는데, 이 무렵에는 여러 과일과 채소가 많이 나오는 시기임을 말하는 것입니다. 중원（中元）은 도교에서 말하는 삼원의 하나로 이날 하늘의 관리가 인간의 선악을 살핀다고 한다는 데서 비롯됐습니다. 망혼일（亡魂日）이라고 불리는 까닭은 돌아가신 부모의 영혼을 위로하기 위해서 술, 음식, 과일 등을 차려 놓고 제사를 드렸기 때문이지요.

불교에서는 백중날을 우란분절이라고 부르는데요. 이날 부모의 무병장수와 조상의 극락왕생을 기원하는 우란분재（盂蘭盆齋）라는 행사가 있기 때문입니다. 이는 불교가 융성했던 고려 이후 조선 초기까지 지배층이 이를 주도했지만 조선 중기 이후 유교를 중시한 사대부들은 이를 촌민들의 풍속으로 여겼습니다.

　　韓國的百中節是農曆7月15日，與台灣的中元節同一天。在韓國，百中節也稱為中元、亡魂日、盂蘭盆節。一般來說，人們將百中節視為節日，所以男女會聚在一起準備食物，並且跳舞、唱歌，一起歡度。
　　百種有一百種穀物種子的意思，意指這個時節是各種水果和蔬菜盛產的時期。中元是道教所說的三元之一，源於天官在這一天審察人間善惡的傳說。而稱之為亡魂日，則是因為要準備酒、食物、水果等祭品祭拜，以慰已故父母的靈魂。
　　在佛教中，稱百中節為盂蘭盆節，因為這一天有祈求父母無病長壽和祖先極樂往生，名為盂蘭盆齋的活動。雖然這是盛行佛教的高麗至朝鮮初期，由統治階層主導的活動，但在朝鮮中期之後，崇尚儒教的士大夫卻將其視為鄉間村民的風俗。

單字		
장만하다：置辦、準備	살피다：觀察、查看
곡식（穀食）：穀物、莊稼	융성（隆盛）하다：興盛、昌盛
씨앗：種子	지배층（支配層）：統治階層
선악（善惡）：善惡	주도（主導）하다：主導、領導

百中節的精神——孝 🔊43

한국 불교에서 5대 명절 중 하나인 우란분절은 백중날과 깊은 관련이 있습니다. 날짜가 겹치기 때문입니다. 전통문화 백중과 불교의 우란분절이 같은 날로 함께 어우러지면서 한국의 중요한 민속으로 자리 잡은 것이지요. 우란분절은 조상의 은혜와 효의 의미를 되새기며 스스로를 되돌아보는 날입니다.

'우란분경'에 따르면, 부처님 제자 목건련은 죽은 어머니가 아귀도에 고통받는 것을 알고서 부처님을 찾아가서 해결 방법을 물었습니다. 그러자 부처님은 지금 살아있는 부모나 7대의 죽은 부모를 위해 7월 15일에 여러 음식과 옷 등을 준비해 시방의 대덕 스님에게 공양하라고 했습니다. 목건련은 그대로 이를 행하여 그 공덕으로 어머니를 고통에서 구해냈습니다.

이는 비록 진리를 깨닫기 위해 부모와 인연을 끊고 출가한 승려라도 부모의 은혜를 저버려서는 안 됨을 의미하며, 스스로 선을 행해 그 업이 타인에게 선한 영향을 미친다는 의미이기도 합니다. 오늘날 한국 사찰에서는 백중날에 갖은 음식과 과일을 마련하고 많은 사람들이 모여 조상의 영혼을 천도하기 위한 의식을 거행합니다. 부처님 오시는 날에 연등을 밝히지만, 이날은 하얀 등을 밝혀 죽은 조상을 기립니다.

韓國佛教五大節日之一的盂蘭盆節，與百中節有著深厚的淵源，因為它們的日期重疊。傳統文化中，百中節和佛教的盂蘭盆節因在同一天而互相融合，從而成為韓國的重要民俗。盂蘭盆節是重新思索祖先的恩澤及孝道的意義，並反思己身的日子。

根據《盂蘭盆經》，佛陀的弟子目犍連得知死去的母親在餓鬼道受苦，便去找佛陀詢問解決辦法。於是，佛陀叫他為目前在世的父母和死去的七世父母，於 7 月 15 日準備各種食物及衣服等，供養十方大德僧。目犍連就這樣照做了，並以此功德將母親從痛苦中解救出來。

這意味著即使是為了領悟真理而與父母斷絕關係出家的僧侶，也不能背棄父母的恩惠；也意味著自己行善，其業會對他人產生良好的影響。如今在韓國的寺廟，會於百中節準備各種食物和水果，且眾人會齊聚一堂舉行薦度祖先靈魂的儀式。在佛誕日時會點亮燃燈，但在這一天，會點亮白燈以緬懷故去的祖先。

單字

어우러지다：融合、交融

되새기다：咀嚼；回味、反覆思考

되돌아보다：回憶、回顧、回首

공양（供養）하다：供養、供奉

공덕（功德）：功德

깨닫다：領悟、領會

사찰（寺刹）：寺廟

천도（薦度）하다：祭奠超度

給長工的勞動節 —— 百中節 🔊44

백중날은 머슴을 위한 날이었습니다. 오늘날의 근로자의 날과 흡사하다고 할 수 있는데요. 이날은 산신들이 곡식을 추수하는 날로 여겨 모두 일을 하지 않았기 때문에 여름 동안 농사일로 지친 머슴들이 신나게 즐길 수 있는 날이었습니다. 특히 한반도 중부 이남 지방에서 백중날이 성대하게 치러졌습니다.

대개 백중날에는 주인은 고생한 자기 머슴들을 위해 이날만큼은 제대로 쉬라며 닭이나 개 등을 잡아서 대접하기도 했고요. 새 옷도 마련해 주고 용돈인 백중돈도 줬습니다. 백중돈을 받은 머슴들은 백중날에 열리는 최대의 장마당인 백중장에 놀러 나가 하루 휴가를 만끽했습니다. 백중장에는 수많은 인파가 몰리면서 씨름판도 벌어지고 농악도 울려 퍼지는 등 축제 분위기가 연출됐다고 합니다 . 어떤 머슴들은 주인이 챙겨 준 술과 음식을 가지고 인근 산이나 계곡을 찾기도 했습니다 . 마을 단위로는 '백중놀이'라 하여 풍물놀이와 대동놀이가 벌어지면서 축제 분위기를 고조시켰습니다 .

또 마을 어른들은 자기 머슴 중에 노총각이나 홀아비가 있을 경우 처녀나 과부를 골라 장가를 보내주고 살림도 마련해 줬는데요 . 이러한 풍습으로 한국 옛말 중에는 '백중날 머슴 장가간다'라는 말이 있을 정도입니다 . 이는 백중날이 머슴을 위한 최고의 날이었다는 것을 방증한다고 할 수 있습니다 .

百中節是屬於長工的節日，可以說類似於今日的勞動節。人們認為這一天是山神們收穫穀物的日子，所有人都不工作，因此是夏季期間為農事辛勞的長工們可以開心享樂的日子。特別是韓半島中部以南地區，會盛大慶祝百中節。

通常在百中節這天，主人會為了自己辛苦的長工，囑咐他們在這一天好好休息，還會宰殺雞或狗等來招待他們。另也會為他們準備新衣服，並給他們零用錢——百中錢。領到百中錢的長工會前往於百中節開放的最大市集——百中場遊玩，盡情享受一天的假期。百中場會湧入無數人潮，並展開摔跤比賽、奏響農樂等，營造出節慶的氣氛。有些長工還會帶著主人提供的酒和食物，前往鄰近的山林或溪谷。以村莊為單位進行的「百中戲」，會進行農樂和大同遊戲，將慶典氣氛推向高潮。

另外，如果自己的長工中有老光棍或鰥夫，村中的長輩會挑選處女或寡婦讓他們娶媳婦，還會替他們準備生活用品。由於這種風俗，韓國古語中甚至出現「百中節，長工娶媳婦」的說法。可以說，這間接證明了百中節對長工來說是最棒的日子。

單字		
흡사 (恰似) 하다：近似、酷似		인파 (人波)：人流
추수 (秋收) 하다：秋收		고조 (高調)：高昂、高漲、高潮
대접 (待接) 하다：招待、款待		장가：娶妻、成家
만끽 (滿喫) 하다：滿懷、盡享		방증 (傍證) 하다：旁證、間接證明

Jan

Feb

Mar

Apr

May

Jun

Jul

Aug

Sep

Oct

Nov

Dec

國曆8月15日

光復節

광복절

光復節對韓國人有何意義？ 🔊 45

광복절은 1945 년 8 월 15 일 일제 통치에서 해방된 것을 기념하는 국경일입니다 . 일제 식민 지배를 받았던 대만의 광복절이 10 월 25 일인 것과 달리 한국의 광복절은 8 월 15 일인데요 . 한국 사람에게 광복절은 빼앗긴 나라를 되찾고 국권 회복을 이루었다는 의미가 있습니다 .

사실 광복절이라는 이름은 1949 년 국경일에 관한 법률이 제정되면서 명명됐습니다. 광복 후 법제화가 되기 전까지만 해도 광복절은 독립기념일, 815 (팔일오), 해방기념일 등으로 불렸지요. 광복은 빛이 돌아왔다는 사전적 의미 말고도 국운과 민족의 희망을 되찾은 날이라는 의미도 있습니다. 광복이란 말은 일제강점기부터 사용된 말입니다. 1915 년 대구에서 설립된 독립운동단체 대한광복회나 1940 년 중국에서 창설된 한국광복군이 대표적인 예라 할 수 있지요.

적지 않은 한국 사람들은 광복절을 두고 일제로부터 해방된 1945 년만을 떠올리는데요. 1948 년 8 월 15 일에는 대한민국 정부가 수립되어 독립 주권을 쟁취한 날이기도 합니다. 즉, 광복절은 한국이 일본으로부터 광복된 것과 대한민국 정부 수립을 경축하는 날입니다. 경축행사는 중앙정부부터 지방자치단체에 이르기까지 전국적으로 거행되는데요. 각 가정들은 태극기를 달아 광복절을 기념하고 정부는 애국지사, 독립유공자 및 유족을 비롯해 주한 외교사절까지 초청해 경축연회를 엽니다. 이 자리에서는 애국심과 희생정신이 강조됩니다.

光復節是紀念 1945 年 8 月 15 日，自日本帝國統治中解放的國慶日。與曾受日本帝國殖民統治的台灣的 10 月 25 日光復節不同，韓國的光復節是 8 月 15 日。對韓國人而言，光復節具有收復被掠奪的國家，以及恢復國家主權的意義。

事實上，光復節這個名稱是在 1949 年制定國慶日相關法律時命名的，在光復後、法制化前，光復節還被稱為獨立紀念日、815（八一五）、解放紀念日等。光復除了「恢復光明」的字面意義外，還具有找回國運及民族希望之日的含義。光復一詞自日帝強佔期便開始使用，1915 年在大邱成立的獨立運動團體大韓光復會，以及 1940 年在中國創立的韓國光復軍，都可說是代表性的例子。

不少韓國人提到光復節，只會想到從日本帝國中解放的 1945 年，但 1948 年 8 月 15 日也是大韓民國政府成立並爭取獨立主權的日子。換句話說，光復節是慶祝韓國從日本統治中光復及大韓民國政府成立的日子。從中央政府到地方自治團體，全國各地都會舉行慶祝活動。家家戶戶會懸掛太極旗紀念光復節，政府則會邀請愛國志士、獨立有功者及其遺屬，甚至是駐韓外交使節，舉行慶祝宴會，並在這個場合強調愛國心與犧牲精神。

單字

빼앗기다 : 被奪走、被剝奪	쟁취（爭取）하다 : 爭取；奪取
국권（國權）: 國家主權	경축（慶祝）하다 : 慶祝
돌아오다 : 回來、歸來；恢復	유족（遺族）: 遺屬
창설（創設）되다 : 被創辦、被創立	연회（宴會）: 宴會、應酬、飯局

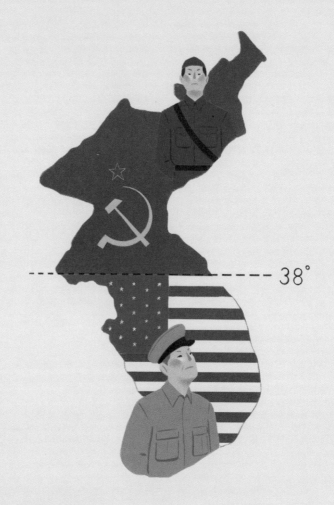

從日本帝國中解放後，被美國及蘇聯統治了三年

일제강점기에 한반도는 물론 만주 벌판과 상해 등 중국대륙에서도 해방을 향한 독립운동이 일어났습니다 . 이는 대한민국 건설의 발판이 되었지요 . 하지만 해방은 한국 혼자 이룩한 것이 아니었어요 . 미국은 제 2 차 세계 대전에서 강렬히 저항하는 일본을 무너뜨리고자 1945 년 8 월 6 일과 9 일 히로시마와 나가사키에 원자폭탄을 투하했습니다 . 이로 인해 도시가 폐허로 변한 것은 물론 수만 명이 목숨을 잃었어요 . 그러자 일본은 다음날 바로 항복 의사를 미국에 전했고 14일 미국이 이를 받아들이면서 세계대전은 마침표를 찍었습니다 . 그리하여 일본 군은 한반도에서 철수하게 된 것입니다 .

1945 년 8 월 15 일 종전으로 광복을 맞은 한국은 곧바로 국가다운 국가를 세우지 못했습니다 . 해방 직후 한국의 정계에서는 미국을 진보적인 민주주의 국가

라며 환영했고 , 소련에 대해서도 호감을 가지고 있었기 때문인데요 . 미국과 소련은 한국을 일본처럼 패전국으로 바라보면서 미군과 소련군이 한반도에 주둔하게 되었습니다 . 당시 두 국가는 한반도의 새로운 국가 건설보다는 자국의 이익을 우선시했는데요 . 그러면서 한반도 38 선을 경계로 남한과 북한을 각각 미국과 소련이 3년간 통치했습니다 . 이 시기를 미소군정기라고 부릅니다 .

이 시기의 한반도는 매우 혼란스러웠습니다 . 한반도의 국가 건설을 두고 내부적으로 여러 의견이 첨예하게 대립하는가 하면 미소공동위원회를 통해 여러 차례 진행된 협상은 모두 수포가 되었습니다 . 결국 남한 정부를 인정하지 않은 북한은 1948년 8 월 25 일 북한지역의 선거를 실시하고 북한 정권을 수립했습니다 .

　日帝強佔期時，不僅韓半島，中國大陸的滿洲平原和上海等地也爆發了尋求解放的獨立運動，而這成了大韓民國建設的跳板。然而，解放並非由韓國獨自實現的。美國為了擊潰在第二次世界大戰中強烈抵抗的日本，於 1945 年 8 月 6 日和 9 日，在廣島與長崎投下原子彈，因此，不僅城市變成廢墟，更有數萬人喪命。於是，日本第二天立即向美國表示有意投降，美國於 14 日接受，世界大戰就此畫上句號。就這樣，日軍從韓半島撤出。
　1945 年 8 月 15 日，因戰爭結束而迎向光復的韓國，未能立即建立一個像樣的國家。這是因為解放之後，韓國政界歡迎進步的民主主義國家美國，對蘇聯也抱持好感。而美國和蘇聯則將韓國視為與日本一樣的戰敗國，因此美軍和蘇聯軍都駐紮於韓半島。當時，兩國都將自身利益置於韓半島的新國家建設之前。同時，美國和蘇聯以韓半島 38 線為界，分別統治了南韓和北韓三年，這段時期稱為美蘇軍政期。
　這個時期的韓半島情勢相當混亂。對於韓半島的國家建設，內部有各種意見針鋒相對，透過美蘇共同委員會多次進行的協商也全化為泡影。最終，不承認南韓政府的北韓，於 1948 年 8 月 25 日舉行北韓地區的選舉，並建立了北韓政權。

單字
발판 （板） ：踏板、跳台；墊腳石、跳板
이룩하다 ：實現、達到；建立
저항 （抵抗） 하다 ：抵抗、反抗
무너뜨리다 ：推倒；破壞；推翻

철수 （撤收） 하다 ：撤離、撤退
우선시 （優先視） 하다 ：優先考慮
첨예 （尖銳） 하다 ：尖銳、激進
수포 （水泡） ：水泡；泡影

北韓也會紀念光復節？ 🔊47

북한에도 광복절이 존재합니다 . 광복절은 남한과 북한이 전통 명절을 제외하고 유일하게 동시에 기념하는 법정공휴일입니다 . 북한에서는 광복절을 '조국해방의 날' 이라고 부르는데요 . 북한도 남한처럼 모두 일제로부터 해방됐다는 점을 중요시하면서도 해방을 바라보는 시각은 달라도 너무 다릅니다 .

한국과 가장 차이가 있다면 북한은 조국해방이 김일성 덕분이라며 김일성을 조국해방의 은인이자 절세의 애국자로 여긴다는 것입니다 . 김일성은 북한의 초대 지도자로 북한에서는 신격화된 인물이지요 . 현재 북한 최고 통치자 김정은의 할아버지이기도 하고요 .

북한은 1936 년 5 월 김일성이 반일 지하 혁명 조직 조국광복회를 설립해 항일 운동을 벌였으며 , 1945 년 8 월 9 일 항일 빨치산 부대인 조선 인민 혁명군에 조국해방을 위한 총공격 명령을 내려 그해 8 월 15 일 광복에 앞서 함경남북도 등에서 일본에 강력한 군사적 타격을 가했다고 주장하고 있습니다 . 김일성의 항일 투쟁 덕분에 한반도가 일제로부터 해방될 수 있었다는 겁니다 . 그러나 실제로는 일본이 미국의 원자폭탄으로 인해 2 차 세계대전에서 패배해 한반도가 해방을 맞이했지요 .

北韓也有光復節。光復節是南韓和北韓除了傳統節日之外，唯一同時紀念的法定假日。在北韓，光復節被稱為「祖國解放日」。北韓和南韓一樣，都很重視從日本帝國中解放這件事，但看待解放的視角卻截然不同。

與韓國最大的不同點，在於北韓認為祖國的解放歸功於金日成，視金日成為祖國解放的恩人和舉世無雙的愛國者。金日成是北韓第一任領導人，在北韓是一個被神格化的人物。他也是北韓現任最高統治者金正恩的祖父。

北韓主張，金日成於 1936 年 5 月成立反日地下革命組織祖國光復會，展開抗日運動；1945 年 8 月 9 日，向抗日遊擊隊朝鮮人民革命軍下達解放祖國的總攻命令，並於當年 8 月 15 日光復前夕，在咸鏡南北道等地對日本施加強力的軍事打擊。也就是說，多虧金日成的抗日鬥爭，韓半島才能從日本帝國手中解放。但實際上，日本是因美國的原子彈而在第二次世界大戰中戰敗，韓半島才迎向解放。

單字

중요시（重要視）하다：重視
은인（恩人）：恩人
절세（絕世）：絕世、蓋世
지도자（指導者）：領導者、領袖

신격화（神格化）되다：被神化
통치자（統治者）：統治者
타격（打擊）：打擊；擊打、擊球
패배（敗北）하다：失敗、戰敗

Jan

Feb

Mar

Apr

May

Jun

Jul

Aug

Sep

Oct

Nov

Dec

農曆8月15日　秋夕　추석

向祖先致謝的秋夕，不用多也不用少 🔊 48

한국의 주요 명절 중 하나인 추석은 음력 8 월 15 일로 1 년 중 가장 큰 보름달을 맞이하는 달의 명절입니다 . 주로 송편을 빚고 , 음식 , 햇과일 등으로 조상에게 감사하는 마음을 담아 차례를 지내고 성묘를 하는 것이 추석의 중요 행사지요 . 농가에서는 농사일을 마무리하는 시점이기 때문에 햇과일 등 먹거리가 풍성합니다 . 이에 따라 서양 개신교의 추수감사절과 비교되기도 합니다 .

한가위 , 가위 , 가배 , 중추절 등 여러 이름을 갖고 있는 추석은 가을의 시작을 알리는 지표가 되기도 하는데요 . 이때는 여름처럼 덥지도 않고 겨울처럼 춥지도 않습니다 . 한국 속담 중에 '더도 말고 덜도 말고 한가위만 같아라' 라는 말도 있습니다 . 이 말 은 추석 때 덕담으로 주고받는 말이기도 합니다 .

추석은 고대로부터 내려져 온 '달에 대한 신앙' 에서 유래됐다는 설이 있는데요 . 깜깜한 밤은 무서워한 고대 사람들은 보름달이 뜨면 사람들에게 큰 도움을 준다며 좋아했다고 합니다 . 이로 인해 보름달이 뜨면 축제가 열렸는데 , 특히 1 년 중 가장 큰 보름달이 뜨는 음력 8 월 15 일이 큰 명절로 자리 잡았다는 것입니다 . 한가위의 존 재는 신라 시대 때 쓰인 역사서 '삼국사기' 에서 서기 32 년 신라 유리왕 때 '가배 (嘉俳)' 라는 축제가 열렸다는 내용으로 그 최초의 기록이 있습니다 . 이렇듯 추 석은 신라 , 고려 , 조선 시대를 거쳐 현재까지 이어오는 한국인의 대표 명절입니다 .

　　韓國主要節日之一的秋夕是農曆 8 月 15 日,為迎接一年當中最大滿月的月亮節。秋夕的重要活動主要是包松片,以及懷著對祖先的感激之情,用食物、當季水果等進行祭祀和掃墓。由於時值農家的農事收尾時期,當季水果等食物相當豐盛,因此,有時會被拿來和西方新教的感恩節比較。

　　有한가위[1]、가위[2]、嘉俳、中秋節(仲秋節)等多種名稱的秋夕,也成為宣告秋天開始的指標。這個時節既不像夏天那樣炎熱,也不像冬天那麼寒冷,在韓國諺語中,也有「不用多也不用少,只要像秋夕一樣就好」的說法,這句話是秋夕時人們互相祝福的吉祥話。

　　有一種說法認為,秋夕源自古代流傳下來的「月亮信仰」。據說,害怕黑夜的古代人認為滿月升起時,能帶給人們很大的幫助所以喜歡。因此,每當滿月升起時就會舉辦慶典,尤其是一年中最大滿月升起的農曆 8 月 15 日更成了一個重大節日。關於秋夕的存在,於新羅時代撰寫的史書《三國史記》中,有西元 32 年新羅琉璃王時舉行了名為「嘉俳」的慶典之內容,為其最初的紀錄。就像這樣,秋夕歷經新羅、高麗、朝鮮時代一直延續至今,是韓國人的代表節日。

1 中秋節的韓文固有詞,自「한가회(漢嘉會)」演變而來。
2 中秋節的韓文固有詞,自「가회(嘉會)」演變而來。

單字			
보름달 : 圓月、滿月		지표(指標) : 指標、準則	
송(松)편 : 松糕、豆餡蒸糕		신앙(信仰) : 信仰、崇拜	
햇과일 : 當季水果		깜깜하다 : 漆黑;一無所知	
풍성(豐盛)하다 : 豐盛、充足		뜨다 : (太陽、月亮或星星等)升起	

以年糕取代月餠和柚子

한국의 추석은 대만의 중추절과 달리 월병도 , 유자도 먹지 않습니다 . 물론 , 고기도 구워 먹지 않습니다 . 한국 추석의 절식은 송편이라는 떡입니다 . 송편 속에는 깨 , 콩 , 팥 , 밤 등으로 만든 소가 들어가 있습니다 . 먼 옛날 송병이라고도 불렸던 송편은 소위 달떡이라 하여 보통 동그란 보름달이나 반달 모양으로 빚습니다 . 옛날 사람들은 달을 숭배했기 때문에 송편 모양이 자연스럽게 달을 닮게 됐다는 말이 있습니다 . 그런데 왜 하필 떡 이름이 송편이 되었을까요 ?

솔잎을 깔고 찐 떡이라 하여 그 이름이 송편이라 불렸습니다 . 솔잎을 송편 아래에 깔아 놓으면 송편끼리 들러붙지 않고 향도 좋기 때문이라고 합니다 . 또 송편을 먹고 성공하면 솔잎처럼 사계절 변하지 않는다는 뜻을 담고 있기 때문이라는 말도 있습니다 .

과거에는 추석 전날 저녁 가족들이 옹기종기 모여 앉아 밝은 달을 보면서 송편을 만들었습니다. 송편을 예쁘게 만들어야 예쁜 배우자를 만나거나 결혼해서 예쁜 딸을 낳는다고 하여 모두 송편을 예쁘게 만들고자 경쟁하기도 했습니다. 이렇듯 송편을 빚고 먹는다는 것은 풍요와 안녕을 기원한다는 것입니다. 한국에서 떡은 예로부터 이웃과 기쁨이나 슬픔을 나누고자 할 때 사용된 음식이지요.

　　韓國的秋夕與台灣的中秋節不同，既不吃月餅，也不吃柚子，當然也不會烤肉來吃。韓國秋夕的節慶食物是一種叫松片的糕點，松片裡面含有用芝麻、大豆、紅豆、栗子等製成的餡料。很久以前又稱松餅的松片被叫做月亮糕，通常會做成圓圓的滿月形或是半月形。有人說由於古人崇敬月亮，松片的形狀自然就像月亮一樣。但是為何這個糕點的名稱偏偏叫松片呢？

　　由於是鋪著松葉蒸出的糕點，所以名為松片。有人說因為將松葉鋪在松片底下，松片就不會彼此黏在一起，香味又好；也有人說，是含有吃了松片取得成功的話，將如同松葉般四季不變的寓意。

　　過去，秋夕前一天晚上，一家大小坐在一起，一邊欣賞皎潔的明月，一邊做松片。據說松片要做得漂亮，才能遇見美麗的伴侶，或是結婚後才能生出漂亮的女兒，因此大家都競相想做出漂亮的松片。像這樣製作和食用松片是在祈求富足與安寧。在韓國，糕類自古以來就是與鄰里分享喜悅或悲傷時所用的食物。

單字

소：餡料；配料	들러붙다：緊貼、附著、黏
숭배（崇拜）하다：崇拜、信奉	옹기종기：大大小小地
깔다：鋪、墊；擺放、陳列	배우자（配偶者）：配偶、伴侶
찌다：蒸、餾；悶熱	풍요（豐饒）：豐饒、富足

秋夕時會玩什麼？ 🔊 50

추석에 하는 놀이로는 강강술래 , 씨름 , 줄다리기 등이 대표적입니다 . 한국 중요 무형문화재이자 유네스코 세계 문화유산으로 지정된 강강술래는 전라남도 해 안지방 여자들이 보름달이 뜬 밤에 손을 잡고 동그랗게 원을 만들어 돌면서 노 래하며 풍요를 기원하는 놀이입니다 .

씨름은 두 남성이 서로의 샅바를 잡고 힘과 기술을 이용해 상대방을 넘어뜨리는 놀이이고요 . 줄다리기는 여러 사람이 줄을 잡고 양쪽에서 잡아당겨서 승부를 가리는 놀이입니다 . 화투도 빼놓을 수 없는 놀이가 되었습니다 .

오늘날의 추석은 농업 대신 공업을 중심으로 그 시대가 변하면서 단순히 차례를 지내고 성묘하는 날이라는 인식이 대부분입니다. 과거에 비해 전통적인 색깔이 상대적으로 퇴색한 것이지요. 그럼에도 추석은 최소 사흘간의 공휴일 연휴로 정해져 설날과 더불어 민족의 대표적인 명절로 굳건히 자리를 지키고 있습니다.

오늘날 가정에서는 추석을 지내는 모습이 변하고 있는 양상입니다. 과거에 많은 사람들이 지내던 전통 방식의 차례 대신에 생전 어르신들이 즐겨 드셨던 피자, 치킨, 햄버거 등과 같은 인스턴트 음식이나 바나나, 오렌지, 망고 등과 같은 수입 과일을 차례상에 올리는 경우도 많은 것으로 알려졌습니다.

　　秋夕時玩的遊戲以強羌水越來、摔跤、拔河等為代表。被指定為韓國重要無形文化財及聯合國教科文組織世界文化遺產的強羌水越來，是全羅南道沿海地區的女性在滿月升起的夜晚，手牽手圍成圓圈，一邊轉圈一邊唱歌，祈求豐收的遊戲。

　　摔跤是兩個男性互相抓住對方的腿繩，利用力量和技巧推倒對方的遊戲。拔河則是許多人抓著繩子，從兩邊拉扯以決勝負的遊戲。而花牌也已成為不可或缺的遊戲。

　　隨著從農業轉向以工業為中心的時代變化，如今的秋夕大多被認為單純是舉行祭祀和掃墓的日子。與過去相比，傳統色彩已相對褪色。儘管如此，秋夕仍被定為至少三天的公休連假，與農曆新年一起作為民族代表節日，堅守著自己的位置。

　　現今家庭過秋夕的形態正在改變。據悉，許多人會將長輩生前愛吃的披薩、炸雞、漢堡等速食食品，或是香蕉、柳橙、芒果等進口水果擺到祭祀桌上，取代過去許多人採用的傳統茶禮祭祀。

單字
해안（海岸）：海岸、海邊	**넘어뜨리다**：推倒；打倒、擊潰
동그랗다：圓圓的、滾圓的	**잡아당기다**：拉、拽
돌다：轉、轉動	**굳건히**：堅實地、堅定地
샅바：腿帶、腰帶	**인스턴트（instant）**：即刻、快速、速食

Jan

Feb

Mar

Apr

May

Jun

Jul

Aug

Sep

Oct
•

Nov

Dec

國曆10月3日 開天節 개천절

紀念韓半島第一個國家的國慶日──開天節 🔊 51

양력 10 월 3 일로 한국의 국경일 중 하나인 개천절은 한반도 최초의 국가 고조선의 건국을 기념하는 날입니다 . 고조선은 기원전 2333 년 단군왕검이 세운 것으로 전해지는데요 . 단군왕검은 신화 속에 등장하는 인물로 한국 역사를 연 것으로 평가받으면서 한국 사람들의 시조로 추앙받고 있습니다 .

단군을 신으로 여기는 대종교의 창시자 나철이 1901 년 개천절을 경축일로 제정해 해마다 행사를 거행한 것이 그 시초입니다 . 일제강점기였던 1919 년부터 1945 년까지 독립 국가 건설을 목표로 했던 대한민국임시정부는 개천절을 음력 10 월 3 일로 정하고 대종교와 합동 경축 행사를 열었습니다 . 하지만 음력으로 인해 해마다 날짜가 달라지는 것을 피하고자 대한민국 정부는 1949 년에 개천절을 양력 10 월 3 일로 바꿨습니다 .

개천절이 음력 10 월 3 일로 정해진 이유는 예로부터 함경도 등에서 이날 단군의 탄신일을 축하하는 제사를 올리는 풍습이 있었기 때문입니다 . 옛날 한국 사람들은 음력 10 월을 상달（上月）이라 하여 햇곡식을 신에게 바치는 제천행사를 치렀습니다 .

한국은 1948 년부터 1961 년까지 국가의 공식 연호를 단군기원（단기）으로 삼기도 했는데요 . 이는 고조선이 건국된 기원전 2333년을 단기 1년으로 셈하는 방법입니다 . 이러한 방법으로 2024 년을 계산하면 단기 4357 년이 됩니다 .

國曆 10 月 3 日，韓國國慶日之一的開天節，是紀念韓半島第一個國家古朝鮮建國的日子。相傳古朝鮮是公元前 2333 年由檀君王儉所建立。檀君王儉是出現在神話中，被評為開啟韓國歷史的人物，且作為韓國人的始祖受人景仰。

視檀君為神的大倧教創始人羅喆，於 1901 年將開天節定為節慶日並每年舉行活動，即為其開端。自日帝強佔期的 1919 年到 1945 年，以建立獨立國家為目標的大韓民國臨時政府，將開天節定在農曆 10 月 3 日，與大倧教聯合舉辦慶祝活動。然而，為了避免每年的日期因農曆而變化，大韓民國政府於 1949 年將開天節改為國曆 10 月 3 日。

開天節之所以定在農曆 10 月 3 日，是因為自古以來咸鏡道等地就有在這一天舉行祭祀、慶祝檀君誕辰的習俗。從前，韓國人將農曆 10 月稱為上月，會舉行向神明供奉新穀的祭天儀式。

韓國從 1948 年到 1961 年，還用檀君紀元（檀紀）作為國家的正式年號。這是將古朝鮮建國的公元前 2333 年算作檀紀 1 年的紀年方式。如果用這種方式來計算，2024 年即為檀紀 4357 年。

單字		
기원전（紀元前）：公元前、西元前		풍습（風習）：風俗、習俗
등장（登場）하다：登場、上台；出現		공식（公式）：正式、官方
창시자（創始者）：創始人、始祖		삼다：當作、看作
합동（合同）：共同、聯合		계산（計算）하다：計算；打算、計畫

檀君神話，講述古朝鮮的誕生 🔊52

개천절의 모태가 된 고조선 건국 이야기는 한국인이라면 누구나 아는 단군신화에 잘 나타나 있습니다. 단군신화는 고려 후기 승려 일연이 쓴 역사서 삼국유사에 소개됐습니다. 그럼, 단군신화에 대해 알아볼까요?

아주 먼 옛날 하늘의 왕 환인의 아들 환웅은 인간 세상을 내려다보며 사람들을 널리 이롭게 할 뜻을 품고 있었습니다. 이를 알게 된 환인은 환웅을 인간 세상으로 내려보냈는데요. 환웅은 바람, 구름, 비를 관장하는 신하 등 삼천 명과 함께 태백산 신단수 아래로 내려와 인간을 다스렸어요.

당시 사람이 되고 싶어 하던 곰 한 마리와 호랑이가 같은 동굴에 살고 있었는데요 . 이들은 환웅에게 사람으로 변하게 해 달라고 빌었지요 . 이들의 소원을 들은 환웅은 곰과 범에게 신비한 쑥 한 줌과 마늘 스무 개를 주면서 이것을 먹고 백 일 동안 햇빛을 보지 않으면 사람이 될 것이라고 했어요 .

곰과 호랑이는 이것을 받아 함께 먹기 시작했지요 . 하지만 호랑이는 이를 견뎌내지 못하고 동굴 밖으로 뛰쳐나가 버렸습니다 . 결국 곰은 21 일 만에 여자가 되었고 이름은 웅녀라고 불렸습니다 . 아이를 너무 낳고 싶었던 웅녀는 신단수를 찾아가 아이를 갖게 해달라고 빌었어요 . 이를 들은 환웅은 잠시 사람으로 변해 웅녀와 결혼했고 이 둘 사이에서 아들이 하나 태어났는데 , 그가 바로 고조선을 세운 '단군왕검' 입니다 .

作為開天節起源的古朝鮮建國故事，在每個韓國人都知道的檀君神話中有著清楚的講述。而檀君神話出現在高麗後期的僧侶一然所著的史書《三國遺事》中。那麼，讓我們一起來瞭解檀君神話吧？

很久很久以前，天帝桓因之子桓雄俯視人間，立志造福廣大人群。得知此事的桓因將桓雄送到了人間。桓雄和掌管風、雲、雨的臣子等三千人，一起降臨到太白山的神檀樹下治理人間。

當時，想要成為人類的一隻熊和老虎住在同個洞穴裡，牠們祈求桓雄讓牠們變成人類。聽了牠們的願望後，桓雄給熊和老虎一把神秘的艾草和二十顆大蒜，並告訴牠們如果吃了這些東西，並於一百天內不見陽光，就能變成人類。

熊和老虎收下這些東西，並一起吃了起來。但老虎沒能堅持住，跑出了洞穴。最後，熊在 21 天後變成一個女人，名叫熊女。一心想生孩子的熊女來到神檀樹下，祈求能懷上孩子。桓雄聞言，暫時變成人類與熊女結婚，兩人之間誕下一子，而他就是建立古朝鮮的「檀君王儉」。

單字

모태（母胎）：母胎、娘胎；原型、基礎

이（利）롭다：有利、有益

관장（管掌）하다：掌管、主管

다스리다：管理、治理、統治

동굴（洞窟）：洞穴、洞窟

범：老虎

줌：撮、把；拳頭

뛰쳐나가다：跑出去；脫離、出走

以法律承襲至今的古朝鮮建國理念……弘益大學也是？ 🔊 53

단군 , 고조선 하면 빼놓을 수 없는 것이 바로 인간을 널리 이롭게 한다는 의미를 가진 '홍익인간' 인데요 . 이는 고조선의 건국 이념이었습니다 . 홍익인간은 인간을 모든 가치에서 최우선으로 삼는다는 것을 말합니다 .

홍익인간이 추구하는 가치는 인본주의나 이타주의를 중심으로 사랑 , 평화 , 정의 , 민주주의 등 여러 가지로 설명됩니다 . 특히 홍익인간은 국가와 통치자가 존재하는 이유는 물론 개인에게는 사회와 이웃을 위한 윤리를 제시했습니다 . 이렇게 행복을 위협하는 모든 상황에 대해 반대하는 홍익인간의 이념은 오늘날 한국 교육의 근본정신이 되고 있습니다 .

한국 교육기본법 제 2 조에는 "교육은 홍익인간의 이념 아래 모든 국민으로 하여금 인격을 도야하고 자주적 생활능력과 민주시민으로서 필요한 자질을 갖추게 함으로써 인간다운 삶을 영위하게 하고 민주국가의 발전과 인류공영의 이상을 실현하는 데에 이바지하게 함을 목적으로 한다"고 명시됐습니다 . 교육이념으로의 홍익인간은 교육이 길러야 할 인간상을 제시한 것이자 교육이 추구해야 할 가치에 관해 규정한 것이지요 .

여러분 ! 서울에 있는 홍익대학교 들어 봤나요 ? 홍대도 건학 이념을 홍익인간에 두고 있습니다 . 홍대는 "홍익인간의 이념은 이제 자아와 만유의 공존공영을 정립하려는 필수 불가결의 사상"이라고 정의했습니다 .

　　提到檀君、古朝鮮就不能不提的，正是具造福廣大人群之意的「弘益人間」，這是古朝鮮的建國理念。弘益人間是指將人放在一切價值的首位。

　　弘益人間追求的價值是以人本主義或利他主義為中心，有愛、和平、正義、民主主義等多種解讀。尤其，弘益人間不僅提出國家和統治者存在的理由，也提出了個人對社會和鄰里應有的倫理。像這樣反對一切威脅幸福情況的弘益人間理念，成為如今韓國教育的基本精神。

　　在韓國教育基本法第 2 條中也明確指出：「教育的目的是在弘益人間的理念之下，讓所有國民陶冶品格，並具備自主生活能力及作為民主公民所需的素質，從而過上人性化的生活，並為民主國家的發展及實現人類共榮的理想做出貢獻。」作為教育理念，弘益人間提出了教育應培養的人物形象，也定調了教育應追求的價值。

　　各位，你們聽說過首爾的弘益大學嗎？弘大也以弘益人間作為建校理念。弘大是如此定義的：「弘益人間的理念，是現今建立自我與萬物之共存共榮不可或缺的思想。」

單字			
최우선（最優先）：首位、最重要		**도야（陶冶）하다**：陶冶、薰陶	
이웃：鄰居、鄰里		**영위（營為）하다**：謀求、維持	
위협（威脅）하다：威脅		**이바지하다**：貢獻、奉獻	
하여금：使、讓		**불가결（不可缺）**：不可或缺、必不可少	

Jan

Feb

Mar

Apr

May

Jun

Jul

Aug

Sep

Oct

Nov

Dec

國曆10月9日 | 韓文節 | 한글날

為什麼要紀念韓文？ 🔊54

한국에는 자국의 문자를 기념하는 날도 있습니다. 바로 10 월 9 일 한글날인데요.
이날은 법정 공휴일로 지정되어 태극기를 게양하는 날입니다. 한국 정부는 국민
들에게 민족 고유 문자의 존재를 소중히 여기고 세계에는 한글의 독창성과 과학

성을 알리기 위해 한글날을 기념합니다 . 언어 정보 사이트 에스놀로그가 발표한 2019 년 통계에 따르면 , 전 세계에는 7111 개의 언어가 존재하며 인구 5 천만 명 이상이 모국어로 사용하는 언어는 25 개로 한국어는 그중 15 위에 올랐습니다 .

한글날은 훈민정음 창제 480 년이 되는 해인 1926 년 음력 9 월 29 일 처음으로 한글을 기념하기 시작했는데요 . 일제강점기였던 그 당시 우리 말과 글을 지키자는 취지에서 시행됐습니다 . 일본은 식민지 정책의 일환으로 한국인의 언어를 말살시키고자 했습니다 .

처음 한글을 기념했을 때의 이름은 한글날이 아니라 '가갸날' 이었습니다 . 음력 9 월에 훈민정음을 완성했다는 실록에 근거해 가갸날은 음력 9 월로 지정됐습니다 . 가갸날은 한국 사람들이 한국말을 처음 배울 때 '가갸거겨' 하면서 배웠기 때문에 그 이름이 가갸날로 정해졌다고 합니다 . 가갸날은 1928 년부터 오늘날 쓰는 '한글날' 이라는 이름으로 개명되었습니다 .

　　在韓國，有一個紀念自己國家文字的日子，那就是 10 月 9 日韓文節。這一天被指定為法定假日，是懸掛太極旗的日子。韓國政府紀念韓文節，是為了讓國民珍惜民族固有文字的存在，並向世界宣揚韓文的獨創性及科學性。根據語言資訊網站民族語言網（Ethnologue）公布的 2019 年統計數據，全世界共存在 7111 種語言，超過五千萬人口作為母語使用的語言有 25 種，韓語在其中排名第 15。

　　韓文節是於訓民正音創制 480 週年的 1926 年農曆 9 月 29 日，首次開始紀念韓文。在日帝強佔期的當時，是出於守護韓國語言及文字的宗旨而實行的。作為殖民政策的一環，日本企圖抹殺韓國人的語言。

　　首次紀念韓文時的名稱不是韓文節，而是「Gagya 日」。根據於農曆 9 月完成訓民正音的實錄記載，Gagya 日被定在農曆 9 月。據說因韓國人剛開始學韓語時，是唸著「Gagya geo gyeo」學習的，所以才將名稱定為 Gagya 日。Gagya 日從 1928 年起改名為如今使用的名稱「韓文節」。

單字			
소중 （所重） 히：	珍貴地、珍惜地	창제 （創製／創制）：	創制、創造
독창성 （獨創性）：	獨創性	취지 （趣旨）：	宗旨、意圖
통계 （統計）：	統計數據；總合計算	일환 （一環）：	一個環節
모국어 （母國語）：	母語	말살 （抹殺／抹摋）：	扼殺、抹殺

韓文的創制背景及變遷史 🔊 55

한글이 창제되기 전까지만 해도 과거의 한국 사람들은 글자의 형태 , 소리 , 뜻으로 구성된 한자를 사용해 차자표기 (借字表記) 를 하였습니다 . 과거에는 신분제도로 인해 특정 계층만이 한자를 배울 수 있었을 뿐만 아니라 수많은 한자를 외우는 것도 어려웠습니다 . 또한 한국말의 소리를 한자를 차용해 표기하는 데에도 어려움이 있었습니다 .

1446 년 조선 시대 때 세종대왕은 자음과 모음 28 자로 구성된 한글을 만들어 훈민정음이라는 이름으로 명명해 발표하였습니다 . 훈민정음은 모든 백성이 글을 알아야 한다는 세종대왕의 애민 정신이 담겨 있는 것이었지만 모두에게 환영받

지는 못했는데요 . 당시 한자를 즐겨 쓰며 자신의 지위를 뽐내던 일부 지배계층은 한글을 신분이 낮은 사람이 사용하는 문자로 취급하며 사용을 꺼렸습니다 .

세종대왕 때 만든 28 개의 자음과 모음 중에서 자주 쓰이지 않는 글자 4 개가 1933 년 제정된 한글맞춤법통일안에서 제외됐습니다 . 그러면서 오늘날에 이르기까지 사용하는 자모 24 개만 남게 되었습니다 . 자모의 결합으로 이루어지는 한글은 간결하면서 모든 소리를 문자로 표현할 수 있는 특징이 있습니다 .

　　在韓文創制之前，過去的韓國人還在使用以文字的形、音、義組成的漢字進行借字表記。過去，由於身分制度的關係，不僅只有特定階層才能學習漢字，背誦大量的漢字也很困難。此外，借用漢字表記韓語發音也有其難度。

　　1446 年朝鮮時代，世宗大王創造了由 28 個子音及母音組成的韓文，將其命名為訓民正音並公布。儘管訓民正音蘊含著世宗大王認為所有百姓皆應識字的愛民精神，但並未受到所有人的歡迎。當時，一些喜歡用漢字來炫耀自身地位的統治階層，將韓文視為身分低下者使用的文字而不願意使用它。

　　世宗大王時期創建的 28 個子音及母音中，有 4 個不常用的字被排除在 1933 年制定的韓文拼寫法統一案外，於是，時至今日使用的字母只剩下 24 個。以字母的結合組成的韓文，具有簡潔且能夠用文字表達所有語音的特徵。

單字

글자（- 字）：字、文字

계층（階層）：階層

차용（借用）하다：借用

명명（命名）하다：命名、取名

지위（地位）：地位；位置

뽐내다：炫耀、賣弄；洋洋自得

꺼리다：嫌棄、討厭；愧疚、虧心

간결（簡潔）하다：簡潔、乾淨俐落

世界上的韓文 🔊 56

한글은 누가 , 언제 만들었는지 정확한 기록이 존재합니다 . 1940 년 경상북도 안동에서 발견된 '훈민정음 (해례본) '이 그것인데요 . 훈민정음 창제의 원리까지 밝힌 혜례본은 세계 유일의 문자 해설서라는 가치를 인정받으면서 1997 년 10 월 유네스코 세계기록유산으로 등재됐습니다 . 유네스코는 1989 년부터 '세종대왕상' 을 만들어 매년 인류 문맹을 퇴치하는 데 노력한 단체나 개인에게 수여하고 있습니다 .

라이샤워 미국 하버드대학교 교수는 한글보다 뛰어난 문자는 세계에 없다고 극찬한 바 있습니다 . 영국 옥스퍼드대학이 세계의 문자를 가지고 합리성 , 과학성 ,

독창성 등을 기준으로 매긴 순위에서도 한글이 1 위에 오르기도 했습니다 . 게다가 한국의 국제적 위상이 크게 높아지면서 한국어를 배우는 외국인은 물론 한국어를 제 2 외국어로 채택한 외국 학교도 부쩍 늘어났습니다 .

한글을 모국어로 채택해 사용하고 있는 곳도 있습니다 . 인도네시아 중부 술라웨시주 부톤섬 바우바우시에 사는 소수 민족 찌아찌아족이 대표적인 예인데요 . 인구 7 만여 명에 불과한 찌아찌아족의 고유 언어는 있었지만 , 이를 표기할 수 있는 문자가 없었습니다 . 이들은 한글을 도입해 자신의 언어를 표기하고 있습니다 .

　　韓文是由誰、於何時創造的，存在準確的紀錄，那就是 1940 年在慶尚北道安東發現的《訓民正音解例本》，解例本甚至闡明了訓民正音的創制原理。隨著其作為世上唯一的文字解說書之價值獲得認可，於 1997 年 10 月被登錄為聯合國教科文組織世界記錄遺產。聯合國教科文組織自 1989 年起設立「世宗大王獎」，每年頒發給努力消除人類文盲的團體或個人。

　　美國哈佛大學教授賴肖爾（Reischauer）曾盛讚，世界上沒有比韓文更出色的文字。在英國牛津大學以世界文字的合理性、科學性、獨創性等為標準評定的排名中，韓文也名列第一。此外，隨著韓國的國際地位大幅提升，不僅是學習韓語的外國人，連採用韓語作為第二外語的外國學校也驟然增加。

　　有些地方也使用韓文作為母語，居住在印尼中部蘇拉威西省布頓島巴務巴務市的少數民族——吉阿吉阿族就是典型的例子。人口只有 7 萬多名的吉阿吉阿族雖然有自己固有的語言，卻沒有能夠表記語言的文字，於是他們引進韓文來表記自己的語言。

單字		
문맹（文盲）：文盲		위상（位相）：地位、威望
퇴치（退治）하다：消除、消滅		채택（採擇）하다：採用、採納
수여（授與）하다：授予、頒授		소수 민족（少數民族）：少數民族
극찬（極讚）하다：盛讚、大力讚賞		도입（導入）하다：引進

생활

Life

節慶設立的目的，有時遠超出我們的認知，或許在歡樂慶祝的背後，還有一些故事值得深入挖掘。

本章節會分析台韓節慶的差異與演變，也會從宗教發展出的節日延伸探討韓國的宗教現況；另外，我們會分享韓國的五月為何稱作「家庭月」，以及現代韓國年輕人怎麼看待傳統節慶，又是如何因應「節日症候群」。

細看台韓文化節日，慶典圖騰間的差異交織

대만과 한국의 문화 차이

若以歷史將台灣與韓國進行編織，想像成兩幅不斷延伸的華美布料，材質雖不盡相同，放眼比對，卻能見到諸多相似的意象與輪廓。而各自的「節慶文化」，就像布帛上精細又顯眼的刺繡圖騰，持續存在於我們的集體記憶之中。其中也有許多罕為人知的節日與文化習俗，時常被我們視線所遺漏，或在現今社會中逐漸褪色。

撰文者｜Blue Chiou

韓國人的感恩節——秋夕／中秋節

台灣人心中最重要的節日，無非是農曆春節。除舊佈新、炮竹迎春、除夕團圓飯，以及一週左右的連假，是冬日最溫暖的存在；對於韓國人而言，即便目前在諸多層面上都受到儒家思想的影響，也同樣過農曆新年，但他們更重視的其實是「秋夕（추석）」（仲秋 중추、嘉俳日 가배일），也就是我們的中秋節。

韓民族慶祝秋夕的傳統，最早可追溯至西元前二世紀末，漢江流域附近的「三韓部族」；三韓是由「馬韓、辰韓與弁韓」所組成的部落聯盟，共有七十八個國家，早於大家所熟知的朝鮮三國——高句麗、新羅與百濟，三韓也是韓半島最初的鐵器文明。

以農耕社會為主的三韓，在每年五月的播種期、十月的秋收期，會在種有大樹的部族邑落——聖地「蘇塗」進行祭天慶典儀式，向上天祈求並酬謝耕作之豐收。明月之下，眾人以火或祭壇為中心進行酒席饗宴，使用聖樹上懸掛的鈴鼓作樂，圍繞成圈、高歌載舞。這樣的圓形舞蹈，演變為韓國民俗歌舞「強羌水越來（강강술래）」，是韓國第 8 號重要文化遺產，也在 2009 年被列為聯合國教科文組織世界非物質文化遺產，是朝鮮民族歷史最悠久的節慶活動。

韓版中秋節，有春節＋清明節的 feel？

朝鮮民族，是在三國時期（高句麗、新羅與百濟）才與中國朝代有所交流，也才開始對內進行儒家文化的傳播，因此即便韓國目前也過農曆新年，但重視的程度並沒有像台灣這麼高，從國定假日的制定，即能看出明顯差異。

韓國的春節假期，通常落在除夕至初二，僅有三天，而秋夕時的連續假期，最短三天，最長可至六天，甚至一週，韓國民眾也多在這個時期返鄉，與家人團圓並祭祖掃墓，因此台灣旅客若在中秋連假赴韓旅遊，會發現許多餐廳或百貨公司公休，有些名店甚至會連休數日，這點與台灣十分不同。

祭祖用花，台韓文化大不同

韓國人秋夕的供桌、祭祖形式，以及媳婦的料理惡夢，相信有接觸韓國文化的讀者都不陌生。這裡想特別分享的，是較少討論卻頗為重要的主題——祭祀用花。

有別於台灣人、華人對於「菊花＝祭祖」的既定觀感，韓國對於菊花並沒有這麼大的忌諱，情侶間有時也會互送菊花，或許是因為宗教不同，以及民俗觀念的差異。

根據調查數據顯示，韓國約有三成人口信奉基督新教與羅馬天主教，約兩成人口信奉佛教。雖然剩下的五成民眾被列為無宗教，但其實韓國還有儒教、巫教及薩滿教等小眾宗教，信仰與祭拜的方式皆有所不同（非本篇主題故不在此詳述）。

筆者認為最特殊、最讓人感到訝異的地方，是韓國人在掃墓、祭拜祖先時，是使用色彩繽紛的「塑膠假花」。雖然有時也會一併帶上鮮花，但在一般墓園裡，普遍看到的供花都是五顏六色、比真花還要鮮豔的塑膠花，墓園外供品店陳列的也都以假花為主。

以首爾的南大門市場為例，販售人造植物的攤位就占了建築中的一整個樓層，商家數量近百，且這些人造花並非台灣普遍所見的等級，許多假花做得精緻又美麗，若挑選搭配得當，就算拿來當作新娘捧花也不會突兀。

因韓國腹地廣、墓園大，且多為露天形式，鮮花很快就會凋零，而塑料製成的裝飾品能擺放得較久，應是選擇的主因（但亦會因日曬雨淋而褪色，因此也需更換）；不過因環保意識的提升，此類用品或許未來會成為歷史。

韓「檀君開天」、中「三皇五帝」，是神話或史實？

大韓民國有五大國慶日，其中之一為十月三日的「開天節」，紀念建立了古朝鮮的「檀君王儉」，是南北韓共同的節慶，由高麗時期《三國遺事》中記載的神話而來：「桓雄下凡於人間，在檀樹下與化為人身的母熊共同誕下檀君」，檀君定都建城，成為朝鮮奠基君主、民族始源，並被後世視為神祇所尊敬與推崇。

開天節這天，不只南韓首爾的社稷公園會舉行祭壇慶典與儀式，並表演以「天符經」為主題的傳統舞蹈，北韓亦會在「檀君陵」進行開天節禮祭。

對比我們口耳相傳的神話故事「三皇五帝」及華夏文化的起源，其中唐堯與虞舜的故事背景，約發生在西元前 2333 年，這一年其實也剛好是朝鮮史中所稱的「檀紀」——檀君朝鮮的誕生紀元年。

「檀君開天、創立朝鮮」這樣的神話，和「盤古開天、女媧造人」的情節，仔細想想是否略為相似？除年代相同，故事結構亦是異中有同。但為何僅韓民族將此時機點定義為節日，我們卻沒有？或許是因為中國文明在考古學與史學中，推斷認定的發生年代比現知的更早，且對於朝鮮民族，此故事還有更深的意義所在。

朝鮮民族身分認同的能量核心

國際史學家雖普遍認為檀君朝鮮僅是神話，不僅版本眾多，更有另一說「箕子朝鮮」。西元 1888 年至朝鮮半島傳教的傳教士詹姆斯・蓋爾（James Scarth Gale）亦曾在紀錄中寫下：「朝鮮起源於朦朧難辨、無法仔細探究的時代，那是天地合一的時代，介於人的時代與天使、幽靈時代之間。」[*]

但南北韓兩國政府可不這麼認為，反而是將其定義為官方確實存在的民族始源。因檀君朝鮮除了演變為國定節日外，在日後的抗日與獨立運動中，亦成為凝聚人民信心的核心元素，是朝鮮民族的身分認同基點。在神話之下，其實是有確切的史實來源的。

若探究朝鮮古史，朝鮮半島新石器時代的櫛文土器文明、擁有農耕技術的無文土器人——桓雄族，隨後同化了原住於周遭的熊女族，成為「檀君朝鮮」，中國史料中將其稱為「東夷族」。而其後出現的、擁有更高金屬文明的宗長部族，是為「箕子族」，掌握了朝鮮半島日後文明發展。

台式 or 韓式，您的三伏要用貼或吃的？

「三伏天」這個名詞，對於大部分的讀者都不陌生，這是個以農曆作為核心，再與中國易經裡的天干地支概念相疊，在節氣「夏至」之後，以農曆的干支紀日所推算出的三個日期——初伏、中伏與末伏。

三伏除了是展現古人對於曆法的智慧，更代表當時的天文學者已掌握了地球與太陽的繞行週期。以現代氣象學來說，三伏正是太陽直射北回歸線、北半球日照最強，也是全年最熱的時期，因此，中醫認為這三個陽氣最旺的日子，是進行

---

[*] 布魯斯・康明思，《朝鮮半島現代史》，黃中憲譯，左岸文化出版。

三伏貼[**]療程的最佳時機，可改善調理虛損體質，增強抵抗力。

朝鮮自三國時期起，就開始與中國各朝代往來。除了漢字外，也深受儒家文化影響，同時也承襲了三伏的傳統觀念，在節令飲食上，融合了朝鮮民族特有文化。以現在的說法，可說是將三伏天「本土化」，從醫補轉換成食補。

韓國民俗與古書中記載：「冷在三九，熱在三伏」，除了最熱的三天，也推算了最冷的日子，並認為要用特別且對應的食物來補身養氣。因此在初伏時，食用含有人蔘的滾燙熱湯正是滋陰補陽的最佳方式，能補充在夏日中流失的體力。直至今日，韓國每到初伏，販售人蔘雞湯的名店外頭，必定會見到大排長龍的民眾。「以冷治冷，以熱治熱」一說便是由此而來（冷則是以冷麵作為飲食主角）。

你吃的補身湯，其實不是傳統補身湯

三伏天時，韓國人大多是食用人蔘雞來進補，但最傳統的「補身湯（보신탕）」，用的其實是狗肉。

朝鮮民族食用狗肉的歷史，可追溯到遠古時代，高句麗遺址的壁畫中，就有著食用狗肉的圖像。以漢文撰寫而成的著作《東國歲時記》，除了有記載狗肉的烹煮方式，更提及狗肉在食補上屬「火行」，以紫蘇和玉米為配料，對於抵抗虛寒與傳染病等病症十分有效。這點不僅是延續儒道家之五行相生剋觀，同時又與前面提及的「以熱治熱」相符。

但其實不僅是韓國，許多亞洲國家也都有食狗肉的歷史，只是隨著時代變遷與動保意識提高而漸

[**] 結合了中醫藥理與經絡針灸，使用調和好的中藥材製成圓餅狀貼灸，在三伏天時將其貼敷於穴位上，以達溫陽利氣、驅散內邪之效果。

趨式微。2024 年 1 月 9 日，韓國國會正式通過立法禁食狗肉，法案將在 2027 年正式實行（三年為協助相關業者轉型的緩衝期），違者將面臨法律制裁。

網路的興起，節慶的全球化與轉變

隨著網路媒體的傳播以及科技快速地發展，國與國之間的距離越來越近，那些「傳統」的節慶，無論在意義、行為、飲食文化、活動或地點上，都已經有所改變。其中的元素也越來越不同，有些成為觀光資源，變成異國文化體驗，更多的是在商業行為上有所貢獻，例如台灣人到韓國穿韓服、過聖誕，韓國人到台灣放天燈、跨年看煙火等。

即便是外國人、異民族或不同信仰者，如今也能將原本專屬於某個文化的傳統節日，變成共同的休閒娛樂或假期氛圍，甚至改變了原本的元素、增添更多樂趣與意義。

最後，讓我們再回頭仔細觀看那兩幅，繡著台韓各自節慶的歷史布袍，你會發現，繡紋上頭的鑲珠、亮片或金絲，其實早已相互交換，頻繁出現在每一個華麗的圖騰上，持續地複製與綿延。

撰文者簡介｜Blue Chiou

非主流旅遊部落客，文學院出身，
喜歡任何不存於現實世界的東西。
合法台韓 Husbands，熱衷於觀察韓國文化元素、
台韓社會現象差異，探索與撰寫主流媒體之外，
台人所不熟悉的韓國；同時亦為易經占卜師，
專頁：登機證的自白。

韓國宗教節日

종교 명절

　　關注韓國社會文化的人都知道，韓國人熱愛各種紀念日，戀人之間交往第 1 天、第 22 天、第 100 天、第 200 天、第 1000 天等都要慎重慶祝，每個月 14 日更是花招百出。為了不讓單身男女每逢 14 日倍感孤寂，所以就有了像是 3 月 3 日五花肉日、11 月 11 日 Pepero Day 等有趣的節日，讓大家有個理由能一起同歡。

　　除了這些個人性質的紀念日之外，韓國還有各種與國家整體有關的紀念日。在所有法定節日（在韓國稱為「法定公休日」，법정공휴일）中，有二個特別的節日跟宗教有關，分別是佛教的佛誕日以及基督教的聖誕節。

撰文者｜何撒娜

韓國的聖誕節

每年 12 月 25 日為「聖誕節」，是慶祝基督耶穌生日的節日，在歐美基督教文化國家中是最重要的節日之一。其實早在 1884 年朝鮮王朝末期，「聖誕節」這個節日就開始出現在韓國歷史中。當時由韓國知識份子成立的獨立新聞報，以及由美國衛理公會宣教士所設立的梨花學堂（現在的梨花女子大學），都因此特別放假一天。日本殖民統治期間聖誕節被禁止，二戰結束後，南韓由美國代管，聖誕節被美軍指定為公定假日。大韓民國政府成立後，首任總統李承晚個人信仰基督教，且其夫人 Francesca Donner（韓國名李富蘭）出身歐陸奧匈帝國，李承晚上任後，在 1949 年以「基督誕生日（기독탄생일）」為名指定為國定假日，1975 年正式改為「基督誕辰日（기독탄신일）」至今。

聖誕節是普世性的節日，通常從聖誕前夜（크리스마스 이브）就開始慶祝。天主教會傳統上有聖誕午夜彌撒，故韓國的天主教和平放送頻道，會直播首爾明洞聖堂的彌撒及梵諦岡教皇主持的聖誕彌撒現況，基督教會也有大規模的聖誕崇拜。除此之外，還有許多大規模的聖誕音樂會與表演。而對於一般人來說，最重要的當然就是跟親朋好友交換禮物，一起享用聖誕大餐。

韓國的佛誕日

聖誕節很早就被南韓政府定為法定節日，因此許多信仰佛教的人抗議政府不公平。1973 年 3 月，本身也是佛教徒的龍太暎律師，代表佛教團體向法院提出行政訴訟，甚至上訴到大法院，要求確認「佛誕日」為國家法定公休日。1975 年，「釋迦誕辰日（석가탄신일）」終於成功被認定為國定假日。但佛教界認為這個名稱不夠尊重，

在請願多年後，由 2017 年新上任的文在寅總統正式改名為「佛祖誕辰日（부처님오신날）」。因為佛誕日是在每年農曆 4 月 8 日，所以也有人簡稱為「初八日（초파일）」，遇上閏月則可能在農曆五月舉行。至於泰國、緬甸、斯里蘭卡等佛教國家的佛誕日則在農曆的 4 月 15 日。

佛誕日這天的主要活動，用佛教用語來說，是信徒們參與「勇猛精進（용맹정진）」禪修活動的日子。這天全國大小的佛寺，如有名的首爾曹溪寺，會張燈結綵掛上五顏六色的燈籠，進行浴佛儀式及其他大大小小的法會活動。信眾念經修行交織如雲，熱鬧但不喧嘩，各寺廟這天也會提供信徒們午餐及晚餐的供養。可能很多人以為寺廟裡的食物一定清淡乏味，剛好相反地，韓國的寺廟料理（사찰음식）自成一格，以各種蔬菜做成的料理既健康又美味，很受大眾歡迎。在寺廟接受飲食供養有個重要的原則，就是要以感謝的心把飯菜都吃光，不可以剩下來。

五月份對韓國來說是家族月，有很多與家族相關的日子，像是 5 月 5 日的兒童節、5 月 8 日的父母節，加上佛誕日，常常形成連假。而且這個時節是韓國最舒服的季節，春暖花開、天氣晴和，所以也常是家族團聚出遊的好日子。有人說，這段時間最常看到的家族合照背景，不是在花團錦簇的風景區，就是以佛誕日佛寺前院的燈籠陣或晚上燃燈會作為背景。

無形文化財「燃燈會」

韓國的「燃燈會」源於 1300 年前的新羅時代，經過高麗的燃燈會和朝鮮的賞燈會後，發展至今成為韓國傳統慶典活動之一，被韓國政府列為重要無形文化財第 122 號，也在 2020 年被聯合國教科文組織（UNESCO）登錄為人類非物質

文化遺產。如前所述，在每年農曆 4 月 8 日的佛誕日，韓國全國各地佛寺張燈結綵，掛起五顏六色的手作燈籠，不論男女老少，每個人都可以自由參加這個春日盛典。燃燈會從沐浴小佛祖（也稱灌佛／浴佛）儀式開始，以夜晚燈籠遊行結尾，街頭還有許多傳統遊戲。每個人以虔敬的心製作燈籠，藉由燃起的燈火，為自己、親友、村莊鄰里，以及社會國家整體向佛祖祈福。燃起燈火，也就象徵著藉由佛祖的智慧，照亮自己與社會整體的道路。

韓國各地區都有屬於自己的燃燈會，為了推廣燃燈會的傳統文化並延續下去，有許多相關研究單位與協會共同努力。首爾、釜山、大邱、蔚山、光州等地燃燈會組織歷史悠久，其中，首爾燃燈會組織規模最大，也保存最多傳統知識與技術，許多創意想法也影響了全國各地，因此成為韓國燃燈會最具代表性的地方。

燃燒的燈火象徵著佛祖的智慧與保佑，因此人們會用佛教傳統上獻給佛祖的紙花來裝飾燈籠。不過，這個紙花在韓國不單佛教儀式中使用，在巫俗信仰以及朝鮮王朝的王室禮儀中，也都會用這類的紙花。燈籠的樣式也有許多傳統文化上的意涵，像是烏龜燈籠象徵長壽，西瓜類的燈籠則象徵著多子多孫。1996 年起，以曹溪宗為首的佛教教團，在燃燈會期間開始舉辦遊行、燃燈慶典等活動來慶祝佛祖誕辰，燃燈節也成了韓國最盛大的佛教節日。2024 年的燃燈會遊行在 5 月 11 日晚間 7 點到 9 點 30 分舉行，從首爾市中心的興仁之門，經過鐘路直到曹溪寺，清溪川沿岸也將佈滿燦爛的各式花燈。

超越宗教意義的節日

韓國並沒有明定的國家宗教，而聖誕節與佛誕日原本都是宗教節日，為什麼在韓國會成為全國性的慶典，連非教徒也跟著紀念呢？這二個宗教節日之所以成為國定節日，是因為韓國獨特的社會與歷史背景。

首先，基督教與佛教是韓國信仰人數最多的宗教。根據 2022 年的統計資料顯示，有將近半數的韓國人自認有宗教信仰（49%），其中人數最多的就是基督宗教（20%），包含我們一般所說的基督教，其次是佛教（16%），再來就是天主教（11%）。其他就是一些零星的小宗教教派，像是混合了佛教與基督教的圓佛教，或是狹義的儒教等。因此，聖誕節與佛誕日這二個宗教節日成為全國法定節日，也不是讓人太意外的事情。

基督教從 19 世紀開始就在韓國現代歷史中扮演重要角色，對韓國當代發展影響很大，也與 20 世紀美國在韓國的影響力密切關聯。佛教早在三國時代就已傳入韓國，在韓國社會中紮根很深。不過，聖誕節與佛誕日這二個節日早已超越宗教意義。燃燈會被登錄為 UNESCO 無形文化遺產的意義，就在於這是一個不管男女老少與社會階級，所有人都能平等參加的節慶活動，特別像是婦女、兒童，以及在韓國的外國人等相對弱勢的族群，也都能積極參加。換句話說，即藉由燃燈會與聖誕節這樣的慶典，把社會不同群體統合起來，一起享受節慶中的喜悅與幸福。特別是在困難的時節，這些儀式更是用來弭平並撫慰人們創傷的重要工具，人們藉此共享喜樂、同度悲傷。

撰文者簡介｜何撒娜

曾任教（職）於韓國首爾國立大學、西江大學，
現任教東吳大學社會學系，
研究專長包括東亞區域比較研究、
文化國族主義與認同、流行文化、飲食研究等，
同時也是自由評論網、鳴人堂、
天下獨立評論等媒體專欄作者。

溫馨五月之
韓國家庭月

가정의 달

如果購買過韓版年曆，一定會發現每年 5 月有特別多紀念日標示，原來 5 月是韓國的「家庭月（가정의 달）」，這個月有好幾個不同於國際慣例的家庭相關紀念日，像是父母節和教師節等等，由來與韓國深受儒家文化影響、重視孝道和傳統文化有關。關於各節日的由來和慶祝方式，以下將依序為大家介紹。

撰文者｜蘭妮小姐

5月5日 兒童節 어린이날

　　韓國兒童節創立於 1923 年，當時一名兒童文化運動家方定煥（방정환）受到三一運動啟發，推動韓國人對兒童人權意識的覺醒，他與幾位日本留學生創辦了韓國第一本兒童專刊《兒童（어린이）》。1923 年 5 月 1 日，方定煥等人宣布這一天為兒童節，舉辦了第一次兒童節活動，此後兒童節逐漸發展為韓國全國性紀念日。而從 1927 年開始，兒童節改在 5 月的第一個週日舉行活動。

　　朝鮮日治時期，日本帝國主義擔心兒童運動會激發韓國人的民族意識，兒童節便從 1939 年中斷慶祝，直到韓國光復後的 1946 年才重啟。而光復後的第一個兒童節正好是 5 月 5 日，為了防止日期變化帶來的不便，便將 5 月 5 日訂為兒童節延續至今，後韓國政府也在 1961 年頒布的《兒童福利法》中規定 5 月 5 日為兒童節。這一天屬於國定假日，家長可以放假、全心陪伴孩子過節，同時 5 月 1 日到 7 日定為「兒童週（어린이 주간）」。韓國父母通常會帶孩子去遊樂園、動物園慶祝，學校或社區也會舉辦各種親子活動，各大商場的童裝、玩具和零食都會同步舉辦大特價。

5月8日 父母節 어버이날

　　韓國原本沒有單獨的父親節或母親節，受到美國的母親節（5 月的第二個星期天）影響，韓戰結束後，韓國政府在 1956 年將 5 月 8 日定為母親節（어머니날），但有人認為只設立母親節對父親有失公平，於是韓國政府在 1973 年把母親節改為「父母節

（어버이날）」。（根據語源，「어버이」是父親的古語「어비」和母親的古語「어이」合在一起）

　　父母節在韓國不是國定假日，韓國人通常會另找時間與父母一起吃飯，或利用週末探望父母、舉辦家庭聚餐等等。學齡孩童通常會寫信給父母，或回家後替父母洗腳以表孝心。受到美國母親節送康乃馨的影響，韓國子女也會買康乃馨送給父母，向他們說「謝謝你們養育我（낳아주시고 키워주셔서 고맙습니다）」、「祝你們健康長壽（오래 오래 건강하세요）」，也有子女會向父母行大禮（跪拜禮）。

5月15日 教師節 스승의 날

　　韓國教師節是為了肯定教師貢獻，表達感激之情的節日。韓國人一般稱老師為「선생님」，而「스승」是對教師的尊稱。1963 年，忠清南道江景女子高中的青年紅十字會發起慰問生病和退休教師的運動，並將 5 月 26 日定為「恩師節（은사의 날）」。在韓國紅十字會的主導下，1965 年起，教師節改為世宗大王的誕辰 5 月 15 日。

　　世宗大王編寫《訓民正音》、創造韓文，讓韓國人擁有自己的文字系統，因此世宗大王可以視為大韓民族的老師。教師節的設立有紀念世宗大王的意義，也有一說，希望世界上所有老師，都能像世宗大王一樣受到尊敬。學校通常會在教師節當天表彰優秀教師，學生會送老師花束、卡片或小禮物。

5月第3個星期一 成年節 성년의 날

　　依據韓國民法規定，年滿 19 歲就是成人了，為了慶祝青少年新生成人、鼓勵承擔成年責任，同時建立正確的國家價值觀，1973 年南韓總統令指定設立「成年節」為國家公認紀念日。最初定在 4 月 20

日，1975 年變更為兒童節隔天 5 月 6 日，1985 年再變更為 5 月第 3 個星期一，沿用至今。

韓國從高麗時代開始，就有分別為男女青年舉行「冠禮」和「笄禮」的風俗，現代每年都會為年滿 19 歲的年輕人舉行成年典禮（성인식）。在成年節這一天，父母對孩子或朋友之間，會準備玫瑰和香水作為禮物。玫瑰花的花語是純潔的愛，希望對方擁有幸福美滿的愛情，香水則是希望對方能像香水一樣，為大家帶來香氣和美好事物。因為是成年的日子，比較開明的父母也會送上避孕用品。

5 月 21 日 夫婦節 부부의 날

夫婦節最早起源於 1995 年，當時慶尚南道的一對牧師夫婦，提倡夫婦透過交換禮物、欣賞表演、一起在外用餐等方式增進感情。後來在 2003 年 12 月，民間團體「夫婦節制定推進委員會」提交制定夫婦節為國家紀念日的請願，喚起人們對夫妻關係的重視與建立和諧家庭，經國會同意，夫婦節從 2007 年 5 月 21 日起，成為韓國公認的紀念日。「521」的寓意是「在家庭月的 5 月，2 個人是 1 體」。

夫婦節這一天，夫妻通常會共進晚餐、交換禮物、外出約會過兩人世界，夫婦節委員會也會舉辦各項活動，邀請夫妻一同參加、慶祝。

家庭月送什麼好呢？

韓國人在家庭月的節日都要送禮，調查顯示，包含「家庭月」關鍵字的購買商品，最多的是紅參等保健食品，接著是康乃馨和香皂。包含「兒童節」關鍵字的購買品項，依序是餅乾、零食和玩具等等。信用卡公司分析，以紅參、康乃馨等父母和長輩為

對象的禮物比例較高，但事實上比起康乃馨，很多父母更偏好收到現金，一般行情是父母各給 20 萬韓幣的紅包（約 4700 元台幣）。另外，有些父母有自己的休閒嗜好，故送相關用品當禮物也不錯。例如，父母喜歡打高爾夫球，就送高爾夫球桿、袖套等用品；如果喜歡游泳，就送泳衣或泳帽等。

5 月恐懼症！家庭月變消費月

家庭月既要花錢買禮物還要家庭聚餐，所以也被稱作「消費月（소비의 달）」。最近一份問卷調查顯示，父母節禮物或現金的預算平均為 33 萬 6 千韓元（約 8000 元台幣），加上兒童節禮物的平均預算後，逼近 50 萬韓元（約 12000 元台幣）。因為花太多錢，荷包大失血，也有人將家庭月的韓語「가정의 달」戲稱為「걱정의 달（擔心的月）」，韓國甚至還衍生出名為「5 月恐懼症（Mayphobia）」的新造詞，可見家庭月的壓力有多大。

不過近年來，韓國國際婚姻的比例提升，部分多文化家庭在傳統習俗上有所取捨，不見得每個都慶祝，或是僅由其中一方的韓國人遵循傳統過節。無論如何，韓國的 5 月有如此多家庭紀念日，讓總是빨리빨리（快快）的韓國人有藉口喘息一下，留下寶貴時間陪伴家人。

撰文者簡介｜蘭妮小姐

本名林芳穎，因喜歡 Super Junior 開始學韓文，曾旅居韓國擔任新創公司行銷經理，現職資深國際新聞記者，Podcast 節目《韓國話匣子》主持人。
臉書專頁：Hallo Laney 蘭妮小姐

韓國名節症候群
與 MZ 世代大進擊

명절증후군과 MZ 세대의 명절

　　傳統節日常帶給現代人重大壓力，每到中秋或過年等重要傳統節日，要提早搶回鄉車票、準備過節費用，以及面對家人親友各種人生拷問，光用想像的就讓人壓力山大想逃避。這種節日症候群不僅我們必須面對，在韓國更是如此。

　　東亞各國地理環境鄰近，文化同中有異、異中見同。東亞社會裡有許多共享的文化習俗，像是過去以稻作為主的農業傳統，以及因應農業春耕、夏耘、秋收、冬藏等四季循環而發展出的農（陰）曆、節氣及相對應的歲時祭儀。然而有趣的是，在相似的文化環境中，卻又各自發展出不同的風俗與行為，成為獨特的文化印記。

　　韓國文化依循著農曆歲時祭儀，其中有幾個重要節日統稱為「名節（명절）」，名節有些與漢人或其他東亞文化相似，有些則是韓國獨有。在各項節日中，新年（설날）、寒食（한식）、端午（단오）、秋夕（추석）被稱為四大名節；隨著農業時代的過去，目前韓國人最重要的名節剩下農曆新年及秋夕。這些節慶雖然跟漢人傳統相仿，但過節的方式與食物卻相當不同。

撰文者｜何撒娜

名節與祭祀

在韓國的名節裡，最重要的就是家庭團聚，而這裡的「家人」包含活著的家庭成員與逝去的先祖們。也因為如此，「祭祀（제사）」成為名節裡最重要的活動，也是家族成員們聚集的重要動機。祭祀對於韓國人來說是非常重要的事情，這點相信常看韓劇的朋友們一定不陌生。祭祀又稱為「茶禮（차례）」，基本上是屬於家庭活動，而祭禮飲食每家略有不同，也就是所謂的「家家禮（가가례）」，但基本原則是一致的。比較傳統的家族，則會回到「宗家（종가）」團聚。宗家是朝鮮王朝尊崇儒家文化的產物，指的是從宗族始祖開始，代代由嫡長子傳承延續而來的家庭系譜，現在韓國還有不少從朝鮮王朝中期開始傳承，近四百年的有名宗家。

祭祀雖然也被稱為「茶禮」，可是一點都不像只是請祖先來喝茶一樣那麼簡單，茶禮時準備的祭品非常講究而複雜。寫成於西元十三世紀的《三國遺事》，是韓國繼《三國史記》之後第二部完成的史書，其中「加耶國篇」記載著西元661年的六種祭禮食品，在1300多年後的今天依舊用於祭祀中，可知韓國文化裡固守舊有傳統的一面。

祭祀茶禮的祭品非常講究。首先，祭祀桌的擺設必須坐北面南，祭品的擺設必須講究東西向的位置。從牌位開始第一排是米飯、酒、湯碗、筷匙和蘸料；第二排是麵條、烤肉、烤蔬菜、烤魚、年糕和年糕的蘸醬糖稀；第三排是魚湯、肉湯、素湯等湯類，還分為單湯、三湯、五湯、七湯等不同類型；第四排是明太魚乾、牛肉脯、章魚乾等下酒乾貨，邊上擺放三色拌菜、蘿蔔辛奇、酒釀等；第五排是水果。每個地區、每個家庭都有自己擺放的規矩。

仔細觀察這些祭祀用飲食，會發現每種祭品都包含著象徵意義。如三色拌菜中，白色的象徵樹根，一般用桔梗或蘿蔔絲；黑色的象徵樹幹，一般用蕨菜；綠色的象徵樹葉，一般用水芹或菠菜。樹根代表祖先，樹幹代表父母，樹葉代表「我」。三色水果中的大棗象徵子孫滿堂，栗子則象徵與祖先永遠相連，所以祖先的牌位都是用栗木做的。

這些豐盛的茶禮祭品，在祭祀完成後，就成為家族成員一起享用的美食。也就是說，韓國人的祭禮文化，目的就是透過祭祀活動與共享祭禮飲食，來強化自己與家族群體之間的連帶。

名節症候群（명절증후군）

擺設如此講究的祭祀桌需要準備的各種食物，加上招待川流不息賓客們的飲食，有豐富料理經驗的主婦們看到應該都快要昏倒了。這些龐大複雜的名節準備工作與壓力，主要是落在家中的女性身上。因此每當重要的名節來臨時，因準備工作所導致的壓力與疲勞，導致許多女性身上出現了不同的病狀，像是肩膀、頸椎、腰部、手腕、關節的痠痛等。

不只女性，男性身上也會出現類似的痛症，只是造成的原因不太一樣。由於名節時大家都要返鄉過節，全韓國五千萬人口中，每逢名節大約有將近四千萬人次的移動，媒體戲稱為「民族大移動」，平日擁擠的首都首爾成為空城。這樣的民族大移動，可想而知的是各種大眾交通工具一票難求，就算是自己開車，也會遇上可怕的大塞車。也因此，幾點應該出發返鄉的焦慮、長時間塞在車陣裡的疲勞駕駛，以及名節所需要的各種龐大花費，都讓身為一家之主的男人們疲憊不堪。至於單身上班族們，雖然沒有類似的壓力，卻必須返鄉接受親友各種關於私事的提問砲轟，諸如有沒有對象？什麼時候要結婚？月薪多少等，過節同樣也對他們造成不小的壓力。

這些因為過節所造成的壓力與身體不適，被統稱為「名節症候群」。雖說不分男女、已婚未婚都會受到壓力，但最大的壓力仍落在家中女性

身上，也因此，名節症候群最大的受害族群是家中的主婦們。男性們期待著名節時期難得的休假，對於女性來說，名節卻是最大的夢魘。難怪先前曾有統計資料顯示，名節結束之後，通常就是離婚的高潮。

MZ世代如何改造舊傳統

在這些重重傳統枷鎖中，作為社會中堅分子的「MZ世代」，開始以不同方式來改變舊傳統觀念。所謂的「MZ世代」，指的是M千禧世代（1981年到1996年生）以及Z世代（1997到2010年生）的合稱。這兩個世代有不少共通之處，像是同樣被稱為「數位世代」，強調多元性、獨特性，喜歡買限定版商品，下班後不喜歡參加公司同事們的聚餐，喜歡認識不同領域的人等。

即使有許多相似之處，兩個世代還是略有不同。M世代的人成長過程中目睹父母輩經歷1997年的IMF危機及2008年金融風暴，因此傾向於保守安全的生活方式，但也不若上個世代強調對集體忠誠。這個世代嚮往的是早日財富自由的YOLO（You Only Live Once）生活，珍惜只能活一次的人生。Z世代是數位時代的原住民，智慧型手機就像是身體的一部分，任何問題都會在網路上找尋答案，積極透過社交媒體（SNS）追尋公平、公正等價值，關心氣候變化等社會議題，也在網路上尋找價值理念相同的夥伴，在意並追尋生活中的樂趣。

當MZ世代成為社會與消費主力時，許多傳統文化也跟著改變。特別是經歷重大COVID-19疫情之後，許多價值觀更是有了新的轉變。越來越多人不想回老家面對繁重的祭祀，也不想讓自己寶貴的中秋連續假期浪費在塞車及與親友不愉快的相處上，因此許多人選擇出國旅行，一方面也是因為疫情後的報復性出遊。根據旅遊平台

Klook（클룩）統計，2023年中秋假期出國的人，比起前年竟然增加568%。即使無法出國，很多人也會選擇以國內旅遊來度過中秋假期，甚至還出現一個新的名詞「秋遊（추캉스）」，也就是秋天（추）加上假期（法語vacance, 바캉스）的縮語。

即使無法出遊，也有不少人選擇自己度過中秋假期，這些人被稱為「獨秋族（혼추족）」，也就是「獨自度過秋夕的人（혼자 추석을 보내는 사람들）」的縮寫。選擇獨自過節有很多原因，有些人選擇打工賺錢，有些人正在準備就學或就業所以沒有時間，有些人則選擇去補習班衝刺TOEIC英語考試等，不想面對家人及各方親族轟炸的人們找各種藉口不回家。為了這些人，超商紛紛推出以傳統中秋菜餚組成的節日限定便當，超市也推出傳統中秋料理的調理包，即使一個人過節，也可以享用名節料理。

MZ世代逐漸發展出以個人需求取向為主的生活與消費方式，加上疫情過後，人們越來越看重對自己來說最珍貴的事物，以及自己最想要的生活方式，因此韓國傳統名節文化所帶來的種種束縛、限制與壓力，也慢慢在轉變當中。

撰文者簡介｜何撒娜

曾任教（職）於韓國首爾國立大學、西江大學，
現任教東吳大學社會學系，
研究專長包括東亞區域比較研究、
文化國族主義與認同、流行文化、飲食研究等，
同時也是自由評論網、鳴人堂、
天下獨立評論等媒體專欄作者。